Als de haai slaapt

Milena Agus

Als de haai slaapt

Uit het Italiaans vertaald door
Jeanne Crijns

DE GEUS

Deze vertaling is mede mogelijk gemaakt dankzij een bijdrage van het Italiaanse ministerie van Buitenlandse Zaken in samenwerking met het Italiaans Cultureel Instituut te Amsterdam

Oorspronkelijke titel *Mentre dorme il pescecane*, verschenen bij nottetempo
Oorspronkelijke tekst © nottetempo srl, Rome 2005
Nederlandse vertaling © Jeanne Crijns en De Geus bv, Breda 2010
Omslagontwerp Mijke Wondergem
Omslagillustratie © Stuart Brill/Trevillion Images

Dit boek is gedrukt op fsc-gecertificeerd papier

isbn 978 90 445 1222 9
nur 302

Voor Clara Corda en Valter Cicone

'En nu?' vroeg Pinocchio.

'Nu, mijn jongen, zijn we echt verloren.'

'Hoezo, verloren? Geef me uw hand, papaatje, en pas op dat u niet uitglijdt.'

'Waar breng je me heen?'

'We moeten opnieuw proberen te ontsnappen. Kom mee en wees niet bang.'

Uit *De avonturen van Pinocchio* van Carlo Collodi

Inhoudsopgave

1 De familie Sevilla Mendoza

In werkelijkheid zijn we helemaal niet de familie Sevilla Mendoza. We komen uit Sardinië, dat weet ik zeker, al vanaf het laat-Paleolithicum.

Mijn vader noemt ons zo, met twee van de meest voorkomende achternamen daarginds. Hij heeft erg veel gereisd en Amerika is zijn droom, maar niet het Amerika van het noorden, rijk en welvarend, maar dat van het zuiden, arm en ongelukkig. Toen hij nog jong was, zei hij dat hij er óf alleen naartoe zou terugkeren, óf met de vrouw met wie hij ooit zou trouwen, die zijn idealen zou delen en samen met hem het avontuur wilde aangaan om te proberen de wereld te redden.

Hij heeft mama nooit gevraagd met hem mee te gaan. Hij is al overal geweest waar hulp nodig was. Maar nooit met haar, omdat zij te bang is voor alle gevaren en zich altijd zwak voelt.

Bij ons thuis jaagt iedereen iets na: mama schoonheid, papa Zuid-Amerika, mijn broer perfectie en tante een vriend.

Ik schrijf verhalen, want als de wereld hier me niet bevalt, verhuis ik naar mijn eigen wereld en voel me geweldig.

De wereld hier heeft veel dingen die me niet bevallen. Sterker nog, ik vind deze wereld verschrikkelijk en ik geef beslist de voorkeur aan die van mij.

In mijn wereld is hij die al een vrouw heeft ook.

Ik mag beslist niet vergeten wat hij zei.

'Beloof me dat je geen romantische relatie met me wilt.'

En ik: 'Ik beloof het.'

'Onze relatie zal dierlijk zijn en niet zoals bij planten.'

'Een dierlijke relatie.'

'Twee honden die kwispelen als ze elkaar zien en aan elkaars kont ruiken.'

'Vind je me mooi?' vraag ik.

'De mooiste hier.'

'Maar ik ben hier toch de enige.'

'En wat dan nog?'

'Ik smeek je, zeg dat je mij mooi vindt.'

'Jouw kont is de mooiste van de hele wereld.'

Maar mijn idee over liefde gaat niet alleen over kontjes.

'Mijn gezicht, vind je dat ik een leuk gezicht heb?'

'Met zo'n kont interesseert jouw gezicht me niet. En verder, als er iets is waar ik een pesthekel aan heb, dan is dat op commando complimentjes geven.'

Dus stop ik ermee, want ik wil niet net als mama worden.

Oma vertelt dat mama altijd al tamelijk vervelend was. Vroeger, als klein meisje, kuste ze haar ouders welterusten bij het naar bed gaan. Het kon dan voorkomen dat zij moe waren en dan zeiden ze op afwezige toon 'Welterusten'.

'Ik wil dat jullie me lief welterusten wensen!' smeekte het kind dan.

'Welterusten', zeiden ze dan ietwat geïrriteerd.

'Niet zo, niet zo! Het is nog erger dan eerst!' Ze was ontroostbaar en huilde tot mijn opa en oma haar uitgeput een flink pak slaag gaven. Pas dan, als ze zag dat het niet hielp, viel ze in slaap.

Ze staat voor dag en dauw op en gaat dan met een emmer bleekmiddel en een bezem op het terras de 'duivenpoepjes' opruimen. Maar ze doet tegen de duiven ook aardig. Ze vraagt of ze weg willen gaan en heeft daarvoor langs de randen een afscherming van rode en witte planten met doornen gemaakt die perfect kleuren bij de tegels van de vloer. Of ze hangt zakjes aan de waslijn zodat ze schrikken van het geritsel. Ook alle andere bloemen zijn rood en wit: de jasmijn, de rozen, de tulpen, de fresia's en de dahlia's.

Kleuren zijn belangrijk voor haar, ook als ze de was ophangt. Maar ik geloof dat het hier niet om het esthetisch effect gaat. Voor het ondergoed van ons, haar kinderen, gebruikt ze bijvoorbeeld altijd groene wasknijpers: de hoop. Voor het beddengoed van haar en van papa rode: de hartstocht. Het viel me op dat ze de gele steeds vermijdt, de radeloosheid, en dat ze ze laat verdwijnen als ze ze tegenkomt in kant-en-klaarverpakkingen.

Mama is niet alleen bang voor gele wasknijpers, ze is bang voor alles. Het komt zelden voor dat ze een film tot het einde toe uitkijkt en dat ze niet in paniek de bioscoop uit vlucht bij de eerste de beste scène die een beetje heftig is, of gewoon realistisch.

Ze is ook bang voor sterren en omdat ze verstand heeft van astrologie, bestudeert ze bezorgd de baan en de stand ervan. Het is voor haar erg moeilijk om in de sterren niet de een of andere aanleiding te vinden om zich zorgen te maken.

Ze zegt steeds dat ze het zichzelf nooit zal vergeven dat ze mijn broer niet enkele uren later ter wereld heeft gebracht: er zou dan aan de hemel een prachtig aspect tussen Venus en de maan zijn geweest, allebei in vervoering, wat hem geluk in de liefde zou hebben gebracht. En ze voelt zich tegenover mij ook schuldig, want ik had een uur eerder geboren moeten worden.

'Ik moest laten zien dat ik dapper was', zegt ze steeds. 'De weeën waren al begonnen en ik wilde ze niet in de war schoppen. Zij waren er zeker van dat ik nog niet zover was, maar dat was niet zo. Daarom ben ik van het meisje bevallen zonder weeën, op een moment dat de maan een vierkant vormde met alle planeten! Arme dochter van me.'

Mijn vader zegt dat ze een konijntje is dat ronde keuteltjes poept. Hij gaat vaak dicht bij haar staan en fluistert in haar oor het geluid dat zij maakt als ze wortels eet.

'Gna gna gna gna gna gna gna gna gna' en mama lacht dan erg hard en blijft hem gefascineerd aankijken, want hij is het tegenovergestelde van haar. Het kan hem helemaal niets schelen wat anderen denken. En hij verontschuldigt zich nooit ergens voor. En hij voelt zich nooit iemands mindere, zelfs niet omdat hij niet is afgestudeerd. Sterker nog, wanneer iemand met zijn titels pronkt, zegt hij dat dat niet beschaafd is, dat beschaving iets heel anders is en dat het vreselijke onbenullen zijn.

'Jouw moeder', vertrouwde papa me op een keer toe, 'is een "echtgenote die domme dingen doet". We zouden iedereen die met haar te maken heeft een bijsluiter moeten geven. Een gebruiksaanwijzing. Als ik ooit in de problemen raak, als ik ooit verdrietig word en het me niet meer lukt haar te laten lachen, dan zou ik echt nog liever op de meest afschuwelijke plek op aarde in het afval gaan rondscharrelen.'

Daarom vertrouwen we haar nooit iets toe en treden we op als filter tussen haar en de wereld.

Ik daarentegen heb een ijzeren maag. Net als mijn opa van moederskant, die in de oorlog bij de marine was, drie schipbreuken meemaakte, een gevangenschap van twee jaar bij de Duitsers en de laatste maanden zelfs bij de ss, die dag en nacht in de vrieskou moest marcheren terwijl ze zich terugtrokken, waarbij de ss iedereen die het niet meer redde vermoordde. Hij vocht met honden om wat aardappelschillen tussen het afval, terwijl 'Splinter' geamuseerd toekeek. Hij bleef doorlopen zonder ook maar een keer stil te staan en daarom schoten ze hem niet dood en heeft hij het gered.

Hij kwam terug en pakte zijn leven weer op. Alleen was hij erg nerveus. Als je een vork van tafel liet vallen, sprong hij uit zijn vel.

Mijn moeder vertelde hij vrijwel meteen geen oorlogsgru-

welen meer, omdat ze als kind nachtmerries had en droomde dat ze samen met oma en andere mensen in een lange rij
stond, klaar om geïnterneerd te worden, terwijl opa gemarteld
werd.

Als reactie op Hitlers wreedheid werd ze als jong meisje
communiste. Maar daarna las ze over de misdaden van Stalin
en Mao en hoe vreselijk het leven in Rusland en China was. Ze
stortte zich op de kerk, maar ook daar had je kwaadwillende
mensen, of waren er in het verleden kwaadwillende mensen
geweest, zoals de inquisiteurs, of de compassieloze kwezels. De
democratie was het enige wat overbleef. Een volmaakt model.
Maar papa zegt altijd dat de westerse democratieën met hun
economische dictatuur de derde wereld om zeep helpen.

Hij is al getrouwd, maar zijn telefoontjes hebben een betove-
rend effect.

'Ik ben het, hoe gaat het?'

Ik herinner me niet meer hoe het met me gaat. Ik begin
meteen vrij baan voor hem te maken, de meest ingewikkelde
plannen te bedenken, zodat hij bij mij thuis kan komen als
mijn ouders er niet zijn. Vooral mama is er altijd, behalve als
ze aan het werk is. Ik haal haar over eropuit te gaan om ergens
te gaan schilderen en ik breng haar met haar palet steeds verder
weg: naar de heuvel van San Michele, die boven de hele stad
uitsteekt, maar op die plek wordt mama verdrietig door de
manier waarop de arme Violante Carroz hier in 1511 is gestor-
ven, of naar de vuurtoren van Calamosca, boven de eindeloze
horizon. We spreken dan een tijd af waarop ik haar weer kom
ophalen met mijn rode scooter, want denk maar niet dat mama
zelf uitzoekt waar ze is en de bus neemt.

Het wachten is een ware ceremonie: een tienwattlampje
in de kamer aan, totale stilte. Ik wacht op hem, languit op
bed, alsof we uit moeten. Jas, handtas, schoenen met hakjes

en mijn handen gevouwen op mijn borsten. Een dode, klaar om weer geboren te worden. Een lelijke vrouw die graag mooi wil zijn.

Omdat hij vanwege zijn vrouw met mij nergens naartoe kan, gebeurt dat uitgaan in onze verbeelding. We trekken rare kleren aan, want wij hoeven geen rekening te houden met de echte seizoenen, maar alleen met wat we voor die dag in gedachten hebben.

De bel, de code. Hij komt binnen, loopt door de twee gangen in huis naar mijn kamer, werpt een blik op me alsof hij wil zeggen 'Je bent mooi', tilt het meisje dat languit op bed ligt op en neemt haar mee naar een andere wereld.

Mijn broer is vaak verdrietig. Als we zeker weten dat mama ons niet hoort, vertelt hij hoe verschrikkelijk hij het op school vindt. De sterke jongens eten bijvoorbeeld altijd minstens twee tussendoortjes, de slappelingen niet eens één, anders 'krijgen ze ervan langs'. Het tussendoortje dat mijn moeder voor mijn broer klaarmaakt wordt door de sterke jongens ingepikt. En zo gaat het ook met zijn rekenmachientje en zijn andere schoolspullen. Steeds moet alles opnieuw worden aangeschaft. Hij zegt dat als het aan hem lag hij niet meer naar school zou gaan. Vooral nu een meisje dat hij leuk vond iets met een van de sterke jongens heeft. Het liefst speelt hij piano en verder niets.

Ook mama vertelde op dezelfde verdrietige manier over haar kantoor. Ze moest daar in het archief werken.

Met de zwarte sleutel opende ze de deur van de eerste kamer. Daar was een kluisje met daarin enkele rijen sleutels in verschillende kleuren, bedoeld om de kasten open te maken. Een van die sleutels, wel in dezelfde kleur als de andere, had een merkje en gaf toegang tot de tweede kamer. Ook hier was een kluisje met sleutels die toegang gaven tot de documenten die het vertrouwelijkst waren. Elk document zat ook in de computer, maar daarvoor was een collega verantwoordelijk. Mama hoefde alleen maar de kasten te openen, de documenten naar haar collega's te brengen als ze erom vroegen en erop te letten dat alles weer op de goede plek terugkwam. Maar ze was langzaam en haar collega's lieten dat zuchtend merken, vaak struikelde ze over de stoelen, of ze viel van de ladder als een plank erg hoog hing en dan lagen alle documenten verspreid over de vloer. Ze voelde zich schuldig en met een onderdanigheid die steeds irritanter werd vroeg ze nooit of ze in augustus vakantie mocht, of om een kleine salarisverhoging. Bovendien verzweeg ze dit alles voor mijn vader en deed ze het voorkomen alsof haar vakantie in november iets origineels was, een persoonlijke wens.

's Ochtends kwam ze somber de keuken binnen en lachte alleen als mijn vader haar goedgemutst verwelkomde met 'Oh! Zo jeugdig, zo mooi!' En al kreunend deed hij dan alsof hij een orgasme kreeg. Hij hield haar voor de gek, omdat hij wist hoe een 'Welterusten' of 'Goedemorgen' op de verkeerde toon haar tot wanhoop kon drijven.

Daarna maakten mijn broer en zij zich klaar voor hun martelgang. Ze liepen een eindje samen op en omdat ik de andere kant op moest, draaide ik me vaak om, om naar hen te kijken: hij met zijn enorme rugzak op terwijl een sterke schoolkameraad geen enkel boek meenam, en zij die de kapstok van haar eigen jurk leek, zo sterk was haar gevoel niet als persoon aanwezig te willen zijn op dat moment.

Totdat mijn vader op een dag zei: 'Wat kan ons dat beetje geld nou verdommen, nietwaar? Mevrouw Sevilla Mendoza is arm, maar ze is schilderes! En een kunstenares mag haar tijd niet verdoen, opgesloten in een kantoor.'

Ik moet zeggen dat we daarna geen enkel financieel verschil

hebben gemerkt. Toch verkoopt mama op tentoonstellingen een heleboel schilderijen die erg in de smaak vallen en het geld van de schilderijenverkoop stuurt papa naar de derde wereld, want wij doen er uiteindelijk niets mee.

Ze staat vaak uren voor het raam met haar penseel in haar hand. Ze zegt dat wij steeds andere dingen te doen hebben en dus de hemel niet zien, of de vluchten vogels als ze aankomen of vertrekken. Ons huis kijkt uit op de daken van het Marine-kwartier, op de kleine terrassen, vierkante zoals het onze, met bloemen en roosters om op zondag vis te grillen en blauwe reservoirs omdat er een tekort aan water is, maar je ziet ook heel veel mensen die voortdurend iets aan het doen zijn: het dak waterdicht maken, zonder vergunning veranda's of kamers aanbouwen, raamkozijnen repareren of nieuwe tv-antennes aanbrengen. Als oma bij ons op bezoek komt, kijkt ze naar buiten, neemt alles in zich op en zegt dan: 'Hebben jullie ge-zien hoe goed ze daarbeneden alles op orde hebben?' En mama is er dan slecht aan toe, omdat oma nooit eens een lovend woord overheeft voor ons huis, niets eens toen ze toevallig bij ons was tijdens weer zo'n mooie zonsondergang. De zee van de haven van Cagliari kleurt voorbij het Marinekwartier aquarel-violet en de hemel is er onbeweeglijk en stil en elk vertrekkend schip lijkt verlicht voor een dansfeest.

Mama wordt verdrietig van vertrekkende schepen en al is er daarbinnen niemand die haar vaarwel zegt, toch is het voor haar een treurig afscheid. 'Zo is het leven,' verzucht ze, 'er is altijd wel iemand die weggaat.'

Mijn vader raadt haar aan niet meer naar de vertrekkende schepen te kijken, en wie maakt zich nu druk om violette zons-ondergangen en feestverlichting, mama moet voor het raam gaan staan als ze aankomen. En inderdaad, ze moet er steeds om glimlachen, van achter het raam, als 's ochtends de veer-boten de haven binnenlopen, die als het een rustige en heldere dag is op een meer lijkt, ingesloten aan de horizon door de blauwe bergen van Capoterra aan de andere kant van de baai.

Oma zegt dat mijn broer de slechte eigenschappen van mijn moeder én van mijn vader heeft, dat wil zeggen: het ongemak van de een en het afwezig-zijn van de ander. Papa zou belangrijk voor hem kunnen zijn, maar hij is er niet. Hij zou met hem onder vier ogen over God kunnen praten, in plaats van zo oppervlakkig als we er allemaal zijn, of hem kunnen uitleggen hoe je je scheert zonder je te snijden, of hoe je vrouwen versiert. Maar in het leven van mijn broer zijn alleen Mozart, Bach en Beethoven de allergrootsten, maar wel erg ver weg, en zonder partituur begin je niets.

Om meisjes te versieren zou een liedje best handig zijn, zulke liedjes als papa overal ter wereld op zijn gitaar speelt, met om hem heen allemaal zwijmelende, in koor meezingende vrouwen. Als mijn broer thuis is, blijft hij in zijn kamer pianospelen en loopt mama af en aan met versgeperste sapjes en allemaal gezonde tussendoortjes met de juiste hoeveelheid koolhydraten, proteïnen en vitaminen. Hij stuurt haar weg: 'Wat een saaie hap, ma!'

Oma zegt dat mama met een vreemde snuiter is getrouwd die als vrijwilliger rondtrok om andermans kinderen te redden toen zijn eigen kinderen geboren werden. Hij stelde geen belang in dat zwangere en gekwelde meisje dat aan de doktoren vroeg of een bevalling meer of minder pijn zou doen dan de martelingen door de Gestapo, of de KGB, of de CIA. De doktoren antwoordden toen: 'Dat hangt af van het soort martelingen, mevrouw, dat hangt ervan af. Maar u moet bedenken dat vrouwen al kinderen baren vanaf het moment dat de wereld bestaat. Het is dus mogelijk.'

Zonderling gedrag leidt tot zonderling gedrag. Daar is geen ontkomen aan. En er is nog iets wat oma niet van mijn broer kan verdragen en dat is dat zijn kleren hem om het lijf slobberen, net als bij mama. Ze zijn allebei erg mooi, maar je hebt niet in de gaten dat ze mooi zijn omdat ze er lomp en houterig uitzien, en ze lopen zo krom dat ze zelfs oud lijken.

Mijn opa was een sterke man. Toen hij zestien was, net zo oud als mijn broer nu is, moest hij vanuit zijn dorp naar het vasteland om te studeren aan de militaire academie. Hij schepte erover op tegen zijn vrienden. De dag voor zijn vertrek lagen een paar van hen op de loer en gaven hem een pak slaag. Met z'n allen tegen één. Hij vertrok toch, veel te vroeg klaar voor de oorlog, die één groot avontuur was.

Mama en ik hebben met elkaar gemeen dat we altijd alles met een laag honing bedekken, terwijl tante juist nors doet. Om duidelijk te maken dat iemand het heeft uitgemaakt zegt ze: 'Zij heeft hem een schop onder zijn kont gegeven.' Tantes manier van doen bevalt ons niet. Wij houden ervan de wereld door een laag honing te bekijken en papa zegt dat onze hersens nog eens suikerziekte zullen krijgen. Ik geloof dat tante en mama zo verschillend zijn door wat er in het begin is gebeurd. Toen oma zwanger was van mama woonden zij en opa samen met een ander echtpaar, om te besparen op de huur. Die andere mevrouw kon maar geen kinderen krijgen en had een hekel aan oma. Ze goot kokend water over oma's bloemen en zorgde ervoor dat de borden van het mooie servies verdwenen, waardoor er op den duur steeds minder van overbleef. Dit ging jarenlang zo door, totdat mama naar school ging. Tegen opa kon je er niet over beginnen, want toen oma de kwestie eens voorzichtig ter sprake bracht, ging hij met de buurman op de vuist en had hij hem bijna vermoord. Er zat niets anders op dan te zwijgen en nieuwe borden te kopen, of nieuwe bloemen te kweken zodra dat kon. Het laatste wat zoekraakte was het boek

Duizend-en-een-nacht, dat oma altijd op een geheime plek opborg nadat ze haar dochtertje er een stukje uit had voorgelezen. Op een dag konden ze het niet meer vinden.

Maar toen tante werd geboren, was de buurvrouw eindelijk zwanger en verwelkten de bloemen niet meer en verdwenen er geen borden of sprookjesboeken meer. En daarna was opa minder nerveus, het concentratiekamp nog verder weg en tante mocht zo veel vorken van tafel laten vallen als ze wilde zonder dat dit het einde van de wereld betekende.

Tantes nieuwe vriend komt uit Zuid-Amerika. We waren stomverbaasd, want mama heeft hem zelf aan haar voorgesteld.

Het is een arts over wie oma had horen praten, waarna ze mama dwong een afspraak met hem te maken, want ze dacht dat mama krom liep door een beschadiging aan haar wervelkolom. Eerst vroeg de dokter of mama bepaalde ziektes had gehad en daarna vroeg hij ook dingen over haar leven.

Ze zei dat ze een uur met hem had doorgebracht dat totaal anders was dan alle voorgaande uren van haar leven en dat ze als in een roes was omdat iemand echt belangstelling voor haar had, ook al kreeg hij ervoor betaald.

Tante vertelde dat dokter Salevsky veel heeft gereisd en dat hij ook per schip naar Kaap Hoorn is geweest, als scheepsarts. Daarom doken we meteen in de boeken en weten we nu dat de dageraad daarginds rood is en de zeehonden heel lief kijken en dat er nog maar kortgeleden jagers waren die zeehonden doodknuppelden voor hun huiden. We weten ook dat tantes vriend kan paardrijden, bergen beklimt, grotonderzoek doet, deelneemt aan motorraces en aan diepzeeduiken doet. We kunnen ons voorstellen hoe ze eruitziet daar op de pampa's, met haar mooie, krullende haar in de wind, of terwijl onze nieuwe familieleden haar welkom heten, zo hartelijk als alleen Zuid-Amerikanen dat kunnen.

Tante gaat nu naar tangodansen en als ze ons komt opzoeken doet ze die passen voor en dwingt ze iedereen haar te begeleiden. Vader zegt dat ze geen eigen persoonlijkheid heeft, dat als een vriend van haar tennist, zij ook gaat tennissen en als die vriend van film houdt, zij alleen over film praat. Hoe zou ze dat nu gaan doen met deze vriend die bijna alles kan?

Ze is het jongere zusje van mama en echt een beeldschone vrouw, zo eentje naar wie alle mannen, maar ook jongens en vrouwen op straat, zich omdraaien om haar na te kijken. Het mooiste wat ze tegen mij kunnen zeggen is dat wij, al is het maar vaag, op elkaar lijken. Dat betekent, geloof ik, dat ik mollig ben en zij goedgevormd is. Ze heeft een weelderige boezem die ze 's zomers en 's winters laat zien, want door haar nonchalante gedrag valt haar decolleté altijd open. Ze heeft lange benen, een heel slanke taille, ze is een meter vijfenzeventig en heeft zacht, ravenzwart haar. Toen ik klein was speelde ik daar uren mee zonder dat zij protesteerde. Stel dat we door een beeldhouwer gemaakt waren, dan was hij bij mij halverwege gestopt en had hij haar tot in de puntjes geperfectioneerd. En als wij de hoofdrolspelers zouden zijn in *Het lelijke eendje*, dan zou ik het lelijke eendje zijn en tante een van de prachtige, lieve zwanen die boven het kippenhok vlogen, maar het gebruikte materiaal is hetzelfde en daar ben ik trots op.

Tante heeft zich altijd alles van mij en mijn broer laten welgevallen en we kregen van haar altijd onze zin, maar voor mij heeft ze een zwak. Vanaf dat ik klein was, nam ze me mee naar haar vrienden en liet me dan vol trots zien.

Ik zei tegen haar: 'Waarom trouw je niet en neem je geen kinderen?'

En zij: 'Als God het wil!'

En ik: 'Maar God wil het!'

Al is tante onweerstaanbaar, een echtgenoot of kinderen heeft ze nooit gehad. Soms denk ik dat ze ervoor gemaakt is om de moeder van iedereen te zijn en de vrouw van iedereen en daarom heeft ze niets wat echt van haar is. Niets kan tippen aan haar gefrituurde hapjes, of aan haar pizzaatjes, of aan het huiswerk dat zij in een vloek en een zucht voor je opschrijft als jij ten einde raad bent, of aan hoe zij je al die geschiedenis-vraagstukken uitlegt waarvan het jou tot die tijd nooit lukte ze te begrijpen. Tante zegt dat haar vrienden met haar vrijen, lachen en over allerlei belangrijke onderwerpen discussiëren, maar vervolgens weggaan. En ik vraag me af wat er aan de liefde ontbreekt als ze toch vrijen, lachen en praten. Papa zegt dat zij geen man of kinderen heeft omdat, in tegenstelling tot wat ik als klein meisje dacht, God het niet wil! En God handelt met een logica die geen ruimte laat voor twijfel.

2 Dokter Salevsky

Maar volgens mij zal het met de dokter uit Zuid-Amerika wel lukken. Hij komt sinds kort bij ons thuis en tante zegt dat het erg belangrijk is dat een man zich hecht aan de familie van zijn vriendin. Hij houdt van eten, bloemen, verhalen en van mama's schilderijen. Hij wilde er een kopen, maar papa zei tegen hem dat hij ze helaas allemaal al had verkocht. Maar niemand gelooft dat mama bij hem in de smaak zal vallen, zo verlegen en onhandig als ze is, bij hem die door zwermen vrouwen achterna wordt gezeten, die overal voorbehoedsmiddelen heeft liggen: in de auto, in de woonkamer, de badkamer, behalve natuurlijk in de slaapkamer.

Papa zegt dat mama en de Argentijnse dokter een soort onderling steunfonds hebben opgericht. Zijn familie zit al jaren ver weg en ook al spreekt hij ze elke dag – 'Mamaatje! Papatje!' imiteert papa hem als hij zijn mobieltje beantwoordt – het is overduidelijk dat hij ze vreselijk mist.

Vanzelfsprekend probeert mama ervoor te zorgen dat hij zijn familie, ook al is ze niet hier, toch om zich heen voelt.

Als de dokter met haar begint te praten heeft hij niet in de gaten dat de tijd voorbij vliegt en daarna kan het voorkomen dat hij haar opnieuw belt en misschien zegt hij wel grappige dingen, want soms blijft ze maar lachen en haalt haar zakdoek tevoorschijn en daarna vraagt zij aan hem of hij ooit Sardijnse noedels heeft geproefd die zus en zo zijn klaargemaakt of venkelsoep met kaas, zoals oma die maakt, en ze houden al bellend niet meer op met lachen en het doorgeven van recepten, want vervolgens legt de dokter mama uit hoe je bouillon trekt van maïs, kalfsvlees en zoete aardappelen. Maar dan, als hij eindelijk deze gerechten komt proeven, eten zij tweeën niets omdat ze anders minder tijd hebben om te praten. Het eten op hun bord blijft telkens onaangeroerd, wat elk restaurant geweldig zou vinden, als ze al ooit sàmen uit eten zouden gaan.

Ze gingen slechts één keer samen op pad. Omdat mama ook ergens naartoe moest, vroeg ze hem of hij er bezwaar tegen had met haar mee te lopen. Hij begon bijna te schreeuwen: 'Welke bezwaren zou ik moeten hebben?' Hij had in de gaten dat ze eigenlijk vroeg: 'Schaam je je voor mij?'

Mama kwam helemaal opgewonden terug, want de dokter stond erop dat ze met hem naar de Via Manno ging om kleren te kopen en hij had haar ook om advies gevraagd. Vervolgens waren ze de kerk van San Antonio in gelopen, waar de dokter neerknielde om te bidden, maar daarna vertrouwde hij mama toe dat hij er helemaal niet zeker van is dat God bestaat, sterker nog, eerder niet dan wel. Hij ging ook nog op het pleintje van San Sepolcro, dat achter de *portico* van de San Antonio ligt, alle muurschriften bekijken en nadat hij een kruis had gemaakt, omdat hij op een heilige plek was, zei hij dat hij degenen die al die opschriften hadden gemaakt zou dwingen ze met hun bloed te bedekken en alle rommel op de grond zouden ze met hun mond moeten oprapen en daarna met hun tong schoonmaken. Volgens mama zei de dokter dit bij wijze van spreken, want hij zou nog geen vlieg kwaad doen, maar papa was geïrriteerd en bleef maar herhalen: 'Arendsoog heeft gesproken. De adelaar heeft gesproken, de adelaar die alles opmerkt en zich nooit vergist. Hoe zouden jullie je moeten redden, als jullie moeder er niet was?'

Mijn broer vraagt zich af waarom bij ons thuis iedereen behalve hijzelf steeds maar over zijn eigen sores wil vertellen. Waarom moest mama zo nodig over haar wandeling vertellen?

Als mama er niet is, lijkt het alsof tantes vriend dol op eten is, maar dik is hij niet. Integendeel, hij is erg mooi: heel erg gespierd en heel donker. Vier generaties terug emigreerde de overgrootvader van zijn vader van Rusland naar Argentinië en trouwde met een Latijns-Amerikaans meisje. Daarom heeft hij voor een Zuid-Amerikaan een vreemde achternaam: Salevsky. Dokter Salevsky. Mama zegt dat het net is alsof hij twee gezichten heeft: dat van een inboorling en dat van een militair aan het hof van de tsaar. Ze vindt dat zijn ogen de kleur van de Atlantische Oceaan en de Stille Zuidzee hebben, wanneer ze bij Kaap Hoorn met elkaar de strijd aangaan, en volgens haar, die niets van dit alles heeft gezien, correspondeert dat met haar lievelingskleur blauw die ze bij het schilderen gebruikt. Mama zegt dat hij niet dik is, omdat zijn honger naar voedsel alleen uit heimwee bestaat en dat is een verlangen dat geen van al die vrouwen met wie hij heeft samengeleefd hem kan laten vergeten.

Wanneer dokter Salevsky voor het middag- of het avondeten komt, wil hij wat het steunfonds betreft natuurlijk niet voor mama onderdoen en, omdat hij weet dat zij graag bloemen kweekt, neemt hij tientallen planten mee van het tuincentrum, in dezelfde tinten als de kleuren in de verftubetjes die mama hem zo enthousiast had laten zien.

Ze doen niets wat niet mag en niemand van ons zou geloven dat ze elkaar weleens aardig zouden kunnen vinden, of beter, dat mama bij hem in de smaak zou kunnen vallen, zo magertjes en schichtig in haar bloemetjesjurken die om haar heen slobberen in de zomer en in haar jassen als van een gedeporteerde in de winter.

Mama moet tegen de dokter hebben gezegd dat ze nog nooit heeft gereisd. Het klopt dat papa steeds op pad is, maar nooit met haar. Papa is er gek op alleen te reizen, als een missionaris, ook al is hij getrouwd, en mama heeft daar begrip voor.

Op een dag kwam tantes vriend met een loeizwaar pak aanzetten dat dichtgebonden was met een strik zo rood als het gezicht dat mama toen kreeg. Niemand geeft haar ooit iets cadeau want, zegt ze, cadeautjes maken haar verlegen en dan geniet ze er niet van. Dit zat in het pak: *365 dagen de aarde vanuit de hemel* van de fotograaf Bertrand. Elke dag kan mama met dat boek naar een andere plek op aarde gaan. Ze kijkt er wel voor uit het boek in de boekenkast te zetten, waar iedereen het zomaar kan wegpakken. Als ik haar vraag samen een reisje te maken, gaat ze het halen op een geheime plek op haar kamer en dan streelt ze de pagina's met net zo veel liefde als Rosso Malpelo zijn vaders pantalon streelde, de enige persoon die van hem had gehouden. Tijdens het doorbladeren herinneren haar gebaren me aan de gebaren die ze vroeger maakte toen ze ons sprookjes voorlas, mij en mijn broer.

Mijn lievelingssprookje van dit moment is een eilandje in de Sulu-archipel, een eilandje zonder naam, want het zou onmogelijk zijn om namen te geven aan alle 7100 eilanden die deel uitmaken van de Filippijnen. Het ligt er verloren bij in het onmetelijke blauw en het is erg ver verwijderd van alle andere eilandjes en die liggen op hun beurt weer erg ver weg van onze wereld. De foto is van boven genomen, van zo hoog dat alleen engelen het van daaruit kunnen zien. Voor we naar andere plekken reizen, gaan mama en ik altijd eerst langs de Sulu-archipel om daar ons idee van geluk te koesteren.

3 Mauro De Cortes

Tante was als meisje al stapel op de broer van een vriendin: Mauro De Cortes. Maar hij had al een meisje, met wie hij later ook is getrouwd. Om haar te troosten zei mama: 'Hoe zou hij dat moeten doen, zich voor jou interesseren als hij al een meisje heeft?' Daarna trouwde Mauro, kreeg kinderen, ging scheiden, was verdrietig, ging soms met tante uit en ik weet dat ze ook met elkaar gevreeën hebben. Mama zei tegen haar: 'Hij zou echt wel iets met je willen, als hij maar niet zo verdrietig was!'

Maar daarna had hij weer een nieuwe vriendin, trouwde opnieuw, kreeg nog meer kinderen en ging weer scheiden. Hoe dan ook, een relatie met tante heeft hij sowieso nooit serieus overwogen.

Het verhaal gaat dat wij hier op Sardinië geen zeelieden zijn, dat we ons uit angst voor de Saracenen in het achterland hebben teruggetrokken, dat we in wezen een vloot hadden kunnen bouwen en hen trotseren in plaats van de bergen in te vluchten.

Je hoeft maar naar mijn moeder te kijken. Hoewel opa een echte man van de zee was, gaat zij alleen in zee tot waar ze nog kan staan en stelt zich heel erg aan zonder vooruit te komen. Papa gaat niet met ons naar zee. Ook toen we klein waren niet, iets wat alle andere vaders wel doen.

Hij zegt: 'Wat doen jullie overdreven over deze zee hier om Sardinië heen. Dat komt omdat jullie nog nooit iets van de wereld hebben gezien. En verder wordt er naar zee gegaan zoals ik ga!'

'En hoe is dat dan?' Hij spot ermee dat we naar het strand bij Poetto gaan met stapels badhanddoeken en zonnebrand en als het er heel erg druk is. En terwijl hij de Bijbel citeert, verkondigt hij dat hij niet naar Sodom en Gomorra zou willen gaan, met al dat op bedjes uitgestalde mensenvlees. Vervolgens, als hij zeker weet dat wij er niet zijn, wij niet en anderen evenmin, bijvoorbeeld als de mistral met honderdtachtig per uur waait, of als het regent, of op maandag, zien we hem terugkeren met zijn schoenen vol zand en zijn zilt geworden kleren.

'Ben je aan zee geweest?'

'Jazeker!' En hij kijkt je dan vanuit de hoogte aan, met een snobistische afstandelijkheid.

Mama zegt: 'Misschien heeft hij wel gelijk. Misschien was het vandaag beter dan op alle andere dagen!'

Maar niemand kan het weten, omdat niemand er was.

Ik ga met hem ook nooit naar zee, maar als wij beslissen dat het zomer is, wacht ik op hem in mijn badpak, languit op bed, en het deert ons niet dat de haard de rol van de zon moet overnemen en de zee zich aan de andere kant van het raam bevindt.

'Jij moet wel een beschouwend type zijn,' zegt hij, 'van het soort dat alleen naar de zee kijkt en verder niets, en als het water niet warm is, er niet in gaat.'

Dan moet ik aan opa denken die als gevangene steeds onder een ijskoude douche moest, in de winter, in Duitsland, en ik zeg dat als hij dat kon weerstaan, ik dat ook moet kunnen. Dus ren ik in mijn badpak op blote voeten over de gang, ga onder het koude water staan en roep hem, zodat hij kan zien hoe sterk ik ben en hoe goed ik ertegen kan.

Mauro De Cortes daarentegen is iemand van het soort dat echt naar zee gaat. Hij heeft een zeilboot die hij met zijn vriendin deelt en die in het haventje van Su Siccu ligt. Ik kwam ze op een dag tegen toen ik naar oma ging die daar in de buurt woont, en zei dat ik het leuk zou vinden hen te zien uitvaren.

De zeelui zeiden elkaar gedag en merkten nog iets op over de wind, of hadden het over hun boot en ook al lagen ze daar nog allemaal, toch kwam het op me over alsof ze al ver weg waren, in het oneindige. Mauro's vriendin overwon met een sprong 'die onmetelijke, afschrikwekkende afgrond' die zo op de dood lijkt, die de kade van de reling van de boot scheidt, haalde de stootkussens binnen, gooide de touwen los en ging vrolijk en gelukzalig lachend aan het roer zitten, terwijl Mauro mij groette en tegen me zei dat ik het ook eens moest proberen. Daarna zeilden ze steeds verder weg, tot ze uit zicht waren. Tante besloot ook een zeilcursus te volgen, zo maar, voor als ze ooit De Cortes' vriendin zou worden. Maar, die arme schat, ze kotst alles uit zodra er een beetje deining is.

4 Hij

Soms doen we het in de auto. Zo'n Amerikaanse jeep van het bevrijdingsleger.

'Het is alsof je in een helikopter zit die laag overvliegt,' zegt hij, 'maar je kunt om je heen kijken, over de daken van de andere auto's, ter hoogte van de straatlantaarns. Niemand ziet je. Ze halen het niet in hun hoofd een blik op jou te werpen, ook al vlieg je zo laag, maar net een klein beetje hoger dan zij.'

Daarna geeft hij me opdrachten. Hij zegt dat als ik dat wil geen enkele man mij kan weerstaan, dus ook die mannen op wie ik verliefd zal worden, kortom, als ik een zwaan wil worden, moet ik in bed een hoer zijn, niet meteen op de proppen komen met mijn levensverhaal en vooral leren dat er van alles te koop is in de wereld en dat ik het merendeel van de dingen die mogelijk zijn moet kunnen weerstaan. Daarom wil hij dat ik me uitkleed, heel langzaam, als een professional, terwijl de auto rijdt. Daarom slaat hij me met een zweepje, of laat me knielen zodat ik hem kan bevredigen en de dag daarna zorgt hij ervoor dat hij me tegenkomt, maar hij zegt me dan niet eens gedag, of hij laat een hele tijd niets van zich horen. Ook psychologische kwellingen moet ik kunnen doorstaan.

Bovendien zegt hij dat ik beslist mijn haar moet opsteken en afvallen en als bij onze volgende ontmoeting mijn pony weer voor mijn ogen valt, en ik geen kilo ben afgevallen, en hij moet meemaken hoe dik mijn wangen en mijn kont nog zijn, dan zal hij me wegsturen zonder met me te neuken, of me flink op mijn billen slaan, of me laten merken wat het betekent om klappen te krijgen met een borstel.

En ik mag evenmin mijn zwaktes tonen en ik moet leren hem bevelen te geven. Als hij weer bij me weggaat, geeft hij me vaak de martelwerktuigen die we hebben gebruikt cadeau: een rubberen elastiek, of een Japans stokje, of een platte borstel, of de hoerenjurken die hij heeft meegebracht, zodat ik mijn hobbezakken kan uittrekken. Ik ben gelukkig en wil geen bonbons, geen ringen of pluchen beestjes. Niets anders dan dit. En ik doe aan de lijn en mijn haar zit steeds netjes en ik verberg de verkleedspullen altijd onder in de la, ingepakt in papier zodat ze zo lang mogelijk zijn geur behouden.

Op een dag, na het vrijen, gaf hij me een kus op mijn voorhoofd. Hij bleef zo staan, zonder zijn lippen terug te trekken en mijn hoofd bleef hij daarbij stevig tussen zijn handen houden. In stilte. Op dat moment waren we allebei ontroerd. We hadden honderd zweepslagen doorstaan zonder een spier te vertrekken en nu huilden we.

Op een keer gleed ik uit, want als we naar buiten gaan is het steeds pikdonker. Ik bezeerde mijn enkel een beetje, maar het stelde werkelijk niets voor. Hij droeg me de hele weg omhoog op zijn rug, omgeven door geurende macchia, terwijl de krekels zongen.

Ik zei: 'Het is niets. Het is niets. Je breekt je rug nog.'

Maar hij wilde niet naar me luisteren en droeg me naar de auto. Toen zette hij me zachtjes in een stoel, bijna alsof ik van porselein was.

Dat was de enige zoen. Tongzoenen of omhelzingen daarentegen heb ik nooit gehad, en als ik probeer hem er een te geven, trekt hij zich ijlings terug en zegt dat onze verhouding niet voor die dingen bedoeld is. Dat is iets voor kwijlende en saaie mensen

Maar ik zou tongzoenen het einde vinden en het zou me meer bevrediging geven dan dat gezoen op mijn voeten of op mijn schoenen, waarvoor hij een soort diepe eerbied koestert.

5 De God van mijn vader

Op een dag vroeg ik aan mijn vader, die alles over de Heilige Schrift weet, of het zesde gebod volgens hem wil zeggen dat je niets mag doen als je niet getrouwd bent.

Als hij doorheeft dat jij het belangrijk vindt dat hij naar je luistert, gaat hij aan de keukentafel zitten, steekt een sigaret op en legt zijn benen op de stoel die het verst weg staat. Ik zie zijn voeten dan aan het andere einde van de tafel uitsteken, want hij is erg lang. Lang en slungelig. Met een kaalgeschoren hoofd, maar wel een stoppelbaard, omdat hij die bij het scheren verwaarloost. En twee adembenemend stralende ogen, van het soort donkergroen dat je in grotten ziet. Zijn truien die hij altijd direct op zijn blote bast draagt, zonder overhemd eronder, geven hem een ruig en wild uiterlijk, als van een barbaar, of een woestijnbewoner.

Terwijl jij hem zegt wat je hem wilde zeggen, rookt hij je uit, zodat de asbak in een berg peuken verandert.

Maar het maakt me niet uit dat mijn ogen gaan tranen. Met mijn kin op tafel, mijn armen stevig om mijn knieën, verander ik geen enkel moment van houding, om geen woord te missen, zoals oma zegt, en na afloop van die discussies ben ik helemaal stijf.

Die keer over het zesde gebod hield mijn vader een 'onvergetelijke' monoloog over de liefde.

Seksueel samenzijn betekent elkaar echt herkennen en alles is toegestaan als de ander maar niet jouw werktuig wordt. 'De seksuele daad', zei hij, 'is een soort apotheose van het samenzijn. Het is totale overgave. En dit gebod is buitengewoon romantisch. Volgens God opent de seksualiteit de deur naar het magische moment. Hij raadt het af om het zonder liefde te doen. Het is net alsof hij tegen je wil zeggen: "Vergeet niet dat je een adelaar bent, waarom zou je je dan als een kip gedragen? Waarom zou je met weinig genoegen nemen?"'

Het was die keer erg moeilijk hem niet op z'n minst één van mijn verhalen te laten horen, hem niet te vertellen dat dit verhalen zijn die heel erg verboden zijn, zeker als ze verteld worden door een keurig meisje dat nog zo jong is, maar dat het wel liefdesverhalen zijn en dat ze God misschien daarom geen verdriet zullen doen.

Maar verder is papa altijd ergens anders en is het nooit echt moeilijk iets voor hem verborgen te houden.

Als je wilt dat hij naar de oudergesprekken gaat, omdat mama iemand voor het avondeten heeft uitgenodigd, of een tentoonstelling van haar schilderijen heeft, als het kortom handig is te laten zien dat er ook nog een vader of een man is, dan zegt hij: 'Voor dat soort dingen ben ik niet geschikt!'

En misschien is het ook beter dat de heer Sevilla Mendoza zich niet vertoont, want alle vrouwen laten zich door hem betoveren en ik zou me maar ongemakkelijk voelen als ik mijn leraressen met hem zou zien dwepen, zoals die ene keer in de vierde van het gymnasium, of op die avond bij een tentoonstelling van mama, toen een 'betoverde dame' nog aan de lippen van mijn vader hing toen iedereen al weg was en zij twee schilderijen had gekocht zonder ze eerst gezien te hebben.

In zijn werkplaats komen ook steeds behoorlijk wat vrouwen langs. Ze voelen zich waanzinnig aangetrokken tot deze man die over God praat terwijl hij een motor voor je repareert, over het goede en het kwade, over ver weg gelegen gebieden waar mensen van honger sterven en waar enorm grote spinnen zijn. Maar je ziet meteen dat die vrouwen met hem overal naartoe zouden gaan.

Ik was er slechts één keer bij, die keer dat mijn Vespa kapot was, maar voor mij was het wel duidelijk dat dit soort taferelen zich erg vaak moesten afspelen.

De heer Sevilla Mendoza stond over de motor gebogen en zijn prachtige handen, zoals die van mijn broer aan de piano, gingen met miraculeuze krachten een mysterieus mankement te lijf. Er draaide een vrouw om hem heen die bij elk grapje van hem begon te lachen. Ook al is het bijna onmogelijk niet te lachen om de grapjes van mijn vader, toch kon ik het niet langer aanhoren en ging verdrietig te voet naar huis, mijn Vespa bij hem achterlatend.

Ik wist heel goed dat hij na een tijdje aan die dame zou vragen of hij een sigaret mocht opsteken en dat hij dan aan de werkbank zou gaan zitten en dat zijn voeten er dan aan de andere kant uit zouden steken. En nadat de asbak was veranderd in een berg peuken, zou de dame bedenken – en misschien ook duidelijk laten blijken – dat ze met deze barbaar, met deze woestijnman werkelijk overal naartoe zou willen.

'Maar papa, vind je al die vrouwen echt leuk?'

Daarna vertelde hij iets fascinerends. Hij beweerde dat hij een heleboel dingen in het leven erotisch vindt. Bijvoorbeeld ook een kletspraatje. Ik mocht niet denken dat hij mama tekortdeed.

'Het is zoiets als ook je linkerhand leren gebruiken. Wat is daar verkeerd aan? Ik experimenteer.'

Trouwens, wat willen we nog meer van hem? Hij werkt de hele dag en daarom hoeft mama niet te werken. Welk probleem je ook hebt, hij laat je er de malle kanten van zien. Hij laat je lachen. Hij kan verhalen vertellen, hij weet je te overtuigen dat God bestaat.

'Dus die vrouwen interesseren je niet. Mama is de enige van wie je echt houdt', vatte ik toen samen.

'Ik heb je al gezegd dat ik me voor van alles interesseer. Maar de vrouw met wie ik graag naar Amerika zou gaan, ben ik nog niet tegengekomen.'

6 De tango

Tantes vriend krijgt het voor elkaar dat zelfs mama de tango danst. Ze verplaatst alle stoelen in de eetkamer, maar sputtert vervolgens tegen. Ik kan het niet. Ik kan het niet. Ik moet andere schoenen aantrekken. Ik heb geen geschikte schoenen. Ik heb nooit kunnen dansen. Ik kan niet dansen. Ik zit liever. Ik val. Jullie weten dat ik val. Jullie moeten dansen en ik kijk wel. Ik vind het leuk om te zien hoe goed jullie kunnen dansen.

Maar tantes vriend zegt tegen haar dat het niet moeilijk is en dat iedereen het kan. Als arts behandelt hij mensen die niet kunnen bewegen en hij zegt dat het zelfs ernstig zieke mensen lukt weer te lopen, dan zal het mama toch zeker lukken te leren dansen. Ze moet haar ene hand op zijn schouder leggen en zijn andere hand vastpakken en zich laten leiden. Lichtjes. Ze hoeft niet te weten waarheen. Ze moet vertrouwen hebben.

De tango begint en mama geeft hem haar hand, waarbij ze hem verschrikt aankijkt en het lijkt alsof ze in een bad met stijfsel heeft gelegen, maar dat argument van die ernstig zieken bij wie het ook is gelukt, heeft haar overtuigd. Hij lacht naar haar. Hij lacht naar haar en danst met haar alsof hij het wist van de gele wasknijpers en haar dromen over vernietigingskampen. Alsof hij het wist van de herfstvakanties en het 'Maan-Vierkant'. Hij beweegt haar voeten met zijn voeten, haar benen met zijn benen. Basispassen, maar steeds vlugger. Steeds vlugger. Dankjewel. Dankjewel. Waarom verdoe je al je tijd met mij. Maar dokter Salevsky is echt een bijzonder iemand en ten slotte moet je je wel overgeven aan dat verlangen en de heimwee naar het leven dat tango heet.

En ook mama herhaalt keer op keer al die acht danspassen en door ze steeds maar te herhalen zweeft ze naar Kaap Hoorn. Naar Amerika. Naar het einde van de wereld. En het deert niet als ze struikelt of achterover valt, het maakt niets uit, omdat tantes vriend je laat begrijpen dat geluk niet alleen mogelijk is voor anderen, maar dat het ook naar jou toe komt, als je het probeert. Wat een milonga! Wat een *valz!* En telkens als hij komt, volstaat één blik om de stoelen aan de kant te zetten en ze gaat dan vlug haar sloffen uittrekken. De tijd dat je Assepoester was is voorbij, mama, je bent nu in de balzaal van de koning. Trek die kleren die om je heen slobberen uit. Dans de bolero!

Tante zegt dat je beter bij ons in de eetkamer kunt dansen, want als zij met haar vriend naar de echte dansclubs gaat, dan krijgt ze altijd de indruk dat alle vrouwen daar een liefdesrelatie met hém hebben, zijn begonnen of willen beginnen en dat iedereen ontroostbaar of met heimwee of roofzuchtig naar hen beiden kijkt.

En het lijkt alsof ze niet weten dat zij samen een stel zijn en dat er, jammer dan, voor de anderen niets meer te halen valt.

Mama zegt tegen papa dat als hij ten minste de acht basispassen zou leren, ze af en toe eens in de eetkamer twee paren zouden kunnen vormen. Papa maakt een soort snuivend geluid met de punt van zijn duim op zijn neus en legt haar daarna op serieuze toon uit dat de tango hem niet boeit.

Oma onthulde dat opa, toen hij bij de marine was, de beste tangodanser van de bemanning was en in zijn armen leek het werkelijk alsof je naar het andere eind van de wereld vloog. Maar dat waren andere tango's en daar waren geen vrouwen die ontroostbaar, vol heimwee of roofzuchtig waren. Oma was de enige.

7 De God van mijn moeder

Mama vertrouwde me op een keer toe dat zij er niet volstrekt zeker van is dat Jezus werkelijk God is. Misschien was Jezus een wonderbaarlijk schepsel, net zoals de God waar we allemaal hartstochtelijk veel van houden. Of misschien was ook hij alleen maar een mens. Daarom is ze met Pasen altijd erg bedroefd. En als we haar vragen waarom ze zo wanhopig is, want Jezus is toch God en hij is weer tot leven gewekt, zegt zij dat ze daar niet zeker van is. Dat hij misschien wel dood is en meer niet.

Ze gaat bijna nooit naar de kerk en dat is helemaal niet omdat God er niet is of omdat ze het met hem aan de stok heeft of hem iets kwalijk neemt. Maar ze gelooft dat zij God onverschillig laat, want of ze nu wel of niet naar de kerk gaat, dat is God om het even.

Op een keer vroeg ik aan mijn geliefde of God volgens hem bestaat.

'Ik zou het niet weten', antwoordde hij. 'Ik mag voor hem hopen dat het niet zo is. Anders zou hij een dwaas zijn, of nog erger. Een God zoals hij blijkt te zijn is hier bij ons van geen enkele waarde.'

'Misschien zijn wij degenen die niets waard zijn.'

'En het is nog erger dat hij ons uit pis en poep heeft gemaakt.'

'En al die prachtige mensen en dingen dan?'

'Jij bent degene die dat zo ziet. Ik zie alleen smerige klootzakken rondlopen.'

8 Onze tuin

De tuin van mama is eigenlijk geen tuin, maar een zonneterras op het dak van onze flat. Er zou nog een appartement op gebouwd worden, maar de aannemer ging failliet vlak na de oorlog en daarna gebeurde er niets meer. De medeflatbewoners hebben er tv-antennes geplaatst en vroeger werd hier de was opgehangen. Toen de was er niet meer werd opgehangen, werd het een rommelplek waar iedereen zijn overbodige spullen achterliet, want niemand had zin om ze weg te gooien. Een soort afvalcontainer, maar wel eentje van waaruit je kunt genieten van het uitzicht: daar boven alles uitstekend, het Palazzo Boyle, het Bastione di San Remy met zijn palmen in de wind en nog hoger de Torre dell'Elefante. In het zuiden natuurlijk de zee, de schepen, tot aan de bergen van Capoterra, de horizon die het verst weg ligt.

Dag in dag uit probeerde mama die plek waardigheid te geven. De rommel bedoeld om weg te gooien werd opnieuw gebruikt en kreeg nieuwe kleuren. Het is nauwelijks te bevatten dat hier waar de sirocco onophoudelijk waait mirte en mastiekboompjes kunnen groeien, dat de viooltjes het zelfs onder de bank doen en dat de rozen, hoe teer ze ook lijken, toch de confrontatie aangaan met de brandende zon en de mistral, mits er maar de beschutting is van een muur. Jaren en jaren van eerbied voor de seizoenen en rekening houden met de maanstanden. Met al die tederheid en dat geduld van mama is de berging daarboven een gelukzalig paradijs geworden. Een droom vol schoonheid en geluk die zij voor ons allemaal beschermt tegen het geweld en de wanorde in de wereld en die ons rijker maakt. Het viel me op dat de andere flatbewoners, telkens als ze bezoek hebben, niet verzuimen boven te gaan rondkijken, zodat de bezoekers zich kunnen verbazen, of zodat zij zelf hun onvrede dat ze in zo'n eenvoudige flat wonen kunnen verdringen. Zelfs op straat blijven soms mensen staan om bewonderend omhoog te kijken, naar de waterval van blauweregen die tot aan de voordeur reikt.

Niet dat mama's bloemen niet ziek worden of doodgaan. Talloze bloemen gaven zich al over aan de wind die hier de baas is, of aan de verzengende hitte, of aan de meeuwen- en duivenpoep. Mama huilt erom, maar vult daarna de lege potten met nieuwe planten. Zo gaat dat al vanaf dat we klein waren. De fase van de klimop, de fase van de hondsroosjes, die van de bougainville: het terras heeft zijn eigen geschiedenis.

Zij, mager als ze is, gaat de trappen op met zakken aarde en nieuwe stekjes of zaden en werkt daarboven urenlang en komt uitgeput naar beneden, maar dat stukje van de wereld is op zo'n natuurlijke manier mooi dat het lijkt alsof het vanzelf zo is geworden. Een cadeautje voor ons allemaal.

Oma heeft een hekel gekregen aan dat terras, ze maakt zich boos omdat mama volgens haar nutteloos werk doet, voor een plek die niet eens de hare is. Als ze een echte baan zou hebben en er thuis twee inkomens zouden zijn, zouden we een nieuw huis kunnen kopen. Dan zou er een extra inkomen zijn om de hypotheek te kunnen betalen.

Oma heeft gelijk, maar wat vind ik het heerlijk om naar boven te gaan en de schepen op het water te zien, met een rand van geurige bloemenkransen als ze aankomen, of als ze weer vertrekken op de muziek van *Clair de lune* van Debussy, dat mijn broer voor zijn piano-examen aan het oefenen is.

En het doet me zo'n verdriet als te zien is dat een plant om zijn voortbestaan aan het vechten is maar het niet gaat redden, want mama zal dan ontroostbaar zijn en tante zou dan zelfs de blauweregen een schop willen geven, of de jasmijn en alle andere planten die er tussenuit willen knijpen.

9 Blanke vrouwen en zwarte vrouwen

'Vandaag moet je echt streng zijn, een zwarte vrouw. Je moet de jurk van ruwe stof aantrekken die ik voor je heb meegebracht. Kijk maar eens hoe dit decolleté je tieten laat uitkomen. Ik ben dol op je dikke tieten, ze vormen zo'n contrast met je meisjesachtige bovenlijf. Laat me zien hoe je tieten uit je decolleté barsten. Trek je rok omhoog. Maar mijn handen zitten vastgebonden en ik kan niets aanraken. Jij moet wreed zijn: pas nadat ik honderd zweepslagen heb gehad, mag ik je als beloning neuken.'

De wereld zit volgens hem vol met klootzakken. 'Die enorme schoft van een …' 'Dat stuk stront van een …'

Maar ondanks zijn negatieve kijk op de wereld word ik nooit verdrietig door hem. Dat is het bijzondere aan hem. Als ik zit opgesloten in een kamer met een vergrendelde deur, is het alsof ik in de openlucht ben. Misschien omdat ik weet dat als ik de instructies volg, de regels, hij me niet zal verlaten. En als het me op een dag lukt aan tafel te gaan zitten om zijn uitwerpselen te eten, dan zal hij me plechtig beloven dat hij me ook nog wil als ik oud ben. Voor altijd.

Als hij bij mij thuis kan komen – omdat mama urenlang door de stad aan het dwalen is, op zoek naar vergezichten en me daarna belt of ik haar op mijn brommer kom ophalen – geeft hij me ook instructies over hoe je hoort te koken en er is een suggestie bij die ik geweldig vind: de spaghetti stervormig in de pan laten glijden om ze vervolgens naar het midden te roeren, zodat ze niet gaan plakken.

Of we gaan naar zijn werk. We lopen door de donkere gangen met sciencefictionachtige noodverlichting en bliepjes van robots. We komen bij zijn kamer en sluiten ons op, in totale duisternis. 'Ga op je knieën zitten en pijp me.'

10 De tango is voorbij

De tango is voorbij. Vanaf het moment dat tantes vriend op-hield te komen doet mama niets anders dan zijn *valze* en mi-longa's draaien en ze weer opnieuw draaien, en ze huilt onder het strijken.

Tante heeft een blik in haar ogen die me doet denken aan de vuren die de jagers met stokslagen hebben gedoofd, daar bij Kaap Hoorn. En ik ruik de geur van bloed. En ik voel de vrieskou.

Je zou op de gedachte kunnen komen dat als je naar Kaap Hoorn zou gaan en aan de voet van een klif zou gaan zitten en de twee oceanen zou zien die daar met elkaar de strijd aangaan, dat je leven dan totaal anders zou zijn. Maar toch weet ik dat de wereld een groot dorp is.

Mijn oma zegt dat God bestaat, de ware God. En dan heb je nog een andere God: de God van mijn vader. Mijn oma en papa zijn het niet met elkaar eens. Oma zegt dat zij mensen die zich niet druk maken om hun eigen familie en net doen alsof ze de wereld redden nooit heeft kunnen uitstaan. Tante verdedigt in dit soort gevallen mijn vader en zegt tegen oma dat Goebbels een liefhebbende echtgenoot en vader was, en toch was hij een criminele nazi, en dat geldt ook voor veel maffiosi, terwijl iedereen weet hoe Gandhi was, maar hij verliet toch zijn vrouw.

Oma vraagt steeds aan mama: 'Is je man thuis?' en het antwoord is steeds nee.

Daarna zegt ze tegen papa: 'Maar vraag jij je nooit af wat anderen zullen denken? Je vrouw, je kinderen, steeds maar alleen. Ze zullen denken dat we jou verzonnen hebben!'

'Welke anderen?' antwoordt mijn vader. 'Wie zijn die anderen? Zou het kunnen dat iemand me belt en zegt: "Hallo, je spreekt met de Anderen, hoe gaat het?"'

Zelfs oma kan alleen maar glimlachen om mijn vader en ze mompelt dat hij zich er weer erg handig uit kletst.

Daarna gaat ze naar mijn broer en zegt tegen hem dat hij papa zou kunnen veranderen als hij dat zou willen, dat het veel kinderen al is gelukt om ongeïnteresseerde en afwezige mannen om te vormen tot liefdevolle vaders. Een kleinkind van een van haar vriendinnen is het gelukt zijn gescheiden ouders weer bij elkaar te brengen. 'Papa, kom naar huis!' smeekte hij tussen het snikken door. Stel je eens voor, dan zou zo'n grote jongen als mijn broer toch ook al zijn overredingskracht moeten kunnen inzetten om in een gesprek van man tot man mijn vader ervan te overtuigen mee te gaan naar oudergesprekken, af en toe langs te gaan bij onze vrienden, een reisje te maken met zijn gezin naar de een of andere mooie plek in plaats van altijd alleen naar zulke uithoeken te gaan waar ze nauwelijks te eten hebben en waar het stinkt.

Het resultaat is dat mijn broer telkens als oma zegt dat ze over iets belangrijks komt praten zich in zijn kamer opsluit om te spelen, en als we aankloppen schreeuwt hij: 'Nu niet, ik ben met een moeilijk stuk bezig!'

Maar áls mijn vader er is, dan is hij er ook echt. Hij speelt vrolijke liedjes op zijn gitaar en bedenkt woorden op de maat van de muziek, en toen hij eens in plaats van 'I am easy' 'Alom crisi' zong, viel iemand zelfs van zijn stoel van het lachen. Onze gasten gaan opgewekt naar huis en geloven dat hij een goede vriend van hen is, maar als ze de volgende keer komen, treffen ze hem niet meer aan.

Dan zijn alleen wij er, de andere Sevilla Mendoza's, om de honneurs waar te nemen. Maar mama zegt dat het dan heel anders is en dat we maar beter niets kunnen organiseren als papa er niet is. En omdat hij er nooit is, valt de keuze altijd op niets.

12 Mauro De Cortes is als de zee

Er is maar één man over wie ik tante nooit uitdrukkingen heb horen gebruiken als 'Een schop onder zijn kont' of 'Wie denkt hij wel dat hij is?': Mauro De Cortes. En ik begreep dat deze Mauro op de zee lijkt en dat hij er altijd is, net als de zee, vanzelfsprekend en natuurlijk. Helder en kalm als het helder en kalm is, en net zo vanzelfsprekend stormachtig als het stormachtig is. Of je er nu in wilt zwemmen, er vanuit de verte naar wilt kijken, er niets van wilt weten: dat zijn je eigen zaken. Hij ontvangt je, maar hij kan ook heel goed zonder je.

Hij heeft alles wat bij ons ontbreekt: de ongekunsteldheid en de wil om te bestaan.

In de wereld van Mauro De Cortes heeft het zin om bloemen te kweken en te leren hoe je kleine taartjes bakt. En je mag vooral hoop koesteren.

Afgezien van al haar vrienden leidt tante een triest leven. Soms komt ze hulpeloos naar ons toe. Ze heeft dan niet eens kritiek op mama's kookkunsten en zegt: 'Ik heb niet meer gegeten sinds de laatste keer dat ik iemand tegenkwam om samen mee te eten. Ik weet niet meer hoeveel dagen dat geleden is.'

Als ze weer weggaat, is ze wat opgewekter en zegt tegen mama: 'Dankjewel.'

Maar misschien is de nieuwe vriend van tante de ware. Toen hij bij ons kwam eten, pakte hij aan tafel haar hand vast en liet iedereen merken dat ze bij elkaar horen, terwijl dokter Salevsky haar nooit aanraakte waar wij bij waren. Hij is sympathiek en doet aan hardlopen en dus gaat tante ook hardlopen, 's ochtends vroeg. Want, zegt ze, wat papa er ook van mag vinden, het is nogal logisch dat politici graag met politici omgaan, zeilers met zeilers, ballerina's met ballerina's, net als in de ark van Noach, daar ging je ook als paar naar binnen en anders zou zij met niemand een paar kunnen vormen. We hebben het niet hardop tegen elkaar gezegd, maar ik ben er zeker van dat we het erover eens waren dat God het deze keer wel wil. Toch herhaalt papa dat het wel duidelijk is dat tante een beetje raar in elkaar zit, want het lukt haar niet om langer dan een of twee uur met haar minnaars samen te zijn. Na de seks even gezellig praten en wat commentaar op het laatste wereldnieuws en dan vindt ze het al tijd om te gaan, of zij geven haar te verstaan dat ze niet meer kan blijven.

Mama bidt elke dag voor haar de rozenkrans en controleert de stand van de hemellichamen. Ik begreep dat Saturnus het gevaarlijkst is, want als je hem tegen je hebt, kun je alleen nog bidden. Maar ik krijg de indruk dat mama gelooft dat zelfs God niets kan beginnen tegen deze planeet, want God laat hem gewoon zijn gang gaan, ook al maakt hij deel uit van de schepping.

Tante belt elke dag voordat ze met haar vriend de deur uit gaat en ze wil dan weten hoe de astrologische situatie is en of mama wel over haar waakt met haar rozenkrans in haar hand, als zij de deur uit is.

Laatst liep ik een eindje met Mauro De Cortes mee en het viel me op dat hij onder alle ladders door loopt en zich niet druk maakt om zwarte katten, of blijft stilstaan als hij een begrafenisstoet ziet. Ik ben ervan overtuigd dat hij zonder zich druk te maken gele wasknijpers zal gebruiken om de was op te hangen. Toen hij me eens vertelde over een voorval waarvan hij niet wist hoe hij het moest oplossen, zei ik: 'Maak je niet druk, ik zal mama en tante zeggen de rozenkrans voor je te bidden, of de hemellichamen te controleren.'

Hij keek me half geamuseerd, half geschrokken aan: 'Doe dat in godsnaam niet! Ik doe alles zelf, ook bidden!'

'En wat Saturnus betreft?' vroeg ik. 'Als die niet goed staat, wat doe je dan?'

'Dan ga ik schieten!' En hij keek naar de hemel en pakte een denkbeeldig geweer vast.

Tante heeft me toevertrouwd dat ze met hem naar bed is geweest, al had ze op dat moment ook andere vriendjes, en dat het heel erg prettig was. En wat haar nog het meest opviel was dat Mauro de liefde bedrijft zoals hij andere dingen ook doet: heel natuurlijk en hartstochtelijk. Hij bekijkt je van top tot teen na een sigaret te hebben opgestoken en jij begint dan te rillen van verlangen. En hij heeft geen enkele lingerie nodig om opgewonden te raken: hij kleedt je helemaal uit en let niet eens op al je nieuwe spullen. Of hij laat je echt al je kleren aanhouden, en tilt je zo maar omhoog, om je daarna te nemen.

Als ik opnieuw geboren moest worden en vooraf zou mogen kiezen met wie ik zou willen trouwen en kinderen krijgen en mijn leven doorbrengen, dan zou ook ik vast en zeker Mauro De Cortes kiezen.

Niet dat hij heel erg mooi, zeer aantrekkelijk of uiterst intelligent is, of nog zo wat zaken, maar hij is God beter gelukt dan wie ik ook maar ken en ik heb ook de indruk dat zijn schepper zeer tevreden over hem is. Vast en zeker niet omdat hij van die grootse dingen doet, want Mauro werkt van half negen tot half zes in een erg saai kantoor, eet daarna in de kantine een bord pasta, gaat naar huis en doet er heel lang over om een parkeerplaats te vinden en dan is het al zeven uur 's avonds. God in de loop van de dag tevredenstellen, dat doet hij volgens mij zo. Hij vertelde me bijvoorbeeld dat hij 's ochtends nooit meteen naar kantoor gaat, maar eerst naar Calamosca. Hij parkeert zijn auto en legt de weg naar het strand al hardlopend af. Daar aangekomen, begint het in de winter net licht te worden en als het zomer is glinstert de zee al, en er heerst altijd een volmaakte stilte. Daarna gaat Mauro naar de bar van het hotel, neemt een cappuccino met een brioche die net uit de oven komt, luistert naar het nieuws op de radio en naar het weerbericht en dan pas begint zijn saaie werkdag, maar die heeft volgens hem wel nut, zoals alle werk dat er niet op uit is het milieu te plunderen, kapot te maken of weg te vagen. Of, als hij besluit geen ontbijt te nemen, slaat hij links af en gaat langs de kust hardlopen tot aan het eindpunt, onder de Sella del Diavolo. Daar is het visreservoir en een geweldig uitzicht dat heel Ligurisch aandoet: de agaves bloeien op de bergkammen, de zee is helder en heeft een flesgroene kleur en de reusachtige klippen vormen een berglandschap met onder het zeeoppervlak grote visbanken.

Ik ben ze wel vaker tegengekomen, die hardlopende mafkezen die twee uur eerder opstaan om iets te doen wat helemaal geen zin heeft, maar sinds ik weet dat Mauro het ook doet, vind ik het helemaal niet meer raar en wie weet laat ik ook wel, voordat ik naar school ga, mijn Vespa bij het begin van de weg staan.

Ook gaat Mauro na zijn werk weleens naar het kleine haventje om zijn zeilboot te controleren en de nodige dingen te doen om te zorgen dat de boot in orde is voor op zaterdag en zondag, en als er geen vriendinnen, kinderen of vrienden zijn die mee willen, gaat hij gewoon alleen naar Villasimius, of naar Chia, afhankelijk van de wind, en hij heeft het dan enorm naar zijn zin.

Kortom, ik geloof dat God een erg tevreden gevoel krijgt van de manier waarop Mauro de dingen doet.

We hebben mama ervan overtuigd dat ze naar het ziekenhuis moet. Ze eet niet. Gekscherend zegt ze dat ze weigert te eten uit protest tegen alle ellende in de wereld. Zoals mijn broer, die zich niet verdedigt, of tantes vriend, degene die gaat joggen, die haar heeft bedrogen met een ontzettend lelijke vrouw. Tante zei daarna: 'Wie denkt hij wel dat hij is? Hij verdient alleen maar een schop onder zijn kont!'

Mama zegt dit terloops, om de stemming niet te drukken, maar intussen kan ze werkelijk niets meer naar binnen krijgen. Ze zegt dat ze een steen voelt precies daar waar ze eerst honger voelde. Tantes ex-vriend, de dokter uit Zuid-Amerika, schrok heel erg toen ik hem over mama vertelde nadat hij belde om te informeren hoe het met ons ging. Hij werd boos, want we hadden haar niet naar het ziekenhuis mogen brengen. We hadden paardenvlees voor haar moeten kopen en haar sap moeten laten drinken en een stukje met haar moeten gaan wandelen, omdat ze te veel stilstaat om naar het panorama te kijken en te schilderen.

Hij heeft gelijk, want mama's dag gaat voorbij als in de nachtmerries uit haar kindertijd: 's ochtends gaat ze in de rij staan om zich te wassen, daarna gaat ze zitten wachten totdat ze geroepen wordt voor haar onderzoeken, die helaas erg pijnlijk zijn, sommige zelfs een ware kwelling.

Als ik naar het ziekenhuis ga, tref ik haar aan terwijl ze netjes aangekleed op haar bed zit. Ze strekt haar benen uit en terwijl ze praat, kijkt ze naar haar nieuwe schoenen die perfect kleuren bij haar jurk en haar kleine reistas met haar spulletjes. Háár nachtkastje wordt door haar medekamerbewoners in het ziekenhuis het meest bewonderd, want zij hebben op hun nachtkastjes papieren zakdoekjes, flesjes water en wat vrouwenbladen liggen. Zij daarentegen heeft een blauwe map waarin ze haar panoramaschetsen bewaart, en een houten doos met kleurpotloden. Om te drinken heeft ze haar antieke karafje van fijn glas.

Als hij bij mij thuis komt, laat ik hem vol trots mama's spullen zien, maar hij vindt er niets aan en zegt dat ze behekst zijn.

Papa heeft eens gezegd dat er maar één schandaal is en dat is het uitbannen van God uit ons dagelijkse doen en laten. In mijn verhaal komt geen schandaal voor.

Ik ben alleen maar aan het leren hoe ik weerstand moet bieden. Ook aan het verlangen. Hij heeft voor mij van een scheepstouw een kuisheidsgordel gemaakt. Het ene deel zit vast om mijn middel en het andere beroert licht mijn kut. Als ik loop is het net alsof hij me met zijn vingers terloops aanraakt. De instructies zijn dat ik ook zo naar school moet, totdat hij besluit mij te neuken. En ik mag ook niet masturberen, maar ik moet oefenen geduld te hebben en onzekerheid aan te kunnen, want het zou ook weleens zo kunnen zijn dat hij me nooit meer zal neuken.

Mijn vriendinnen vinden het vreemd dat ik geen vriendje neem, zo veel mooier als ik nu ben, zonder die warrige pluk haar voor mijn ogen en zo afgevallen. Ik geef toe dat het moeilijk is als we allemaal samen naar de pizzeria gaan en de stelletjes elkaar zoenen.

Dan sluit ik me op het toilet op en raak voorzichtig het koord aan dat om me heen zit en me martelt. Ik til mijn rok op en bekijk in de spiegel alle bloeduitstortingen op mijn billen. Ik bedenk dan dat ik mijn geheim heb en daar troost ik me mee.

Ik vroeg hem op een keer: 'Behandel je me zo omdat ook ik een kutwijf ben, een stuk stront?'

'Nee. Ik doe dit omdat ik van je hou. Het grootste bewijs van liefde dat je een menselijk wezen kunt geven is het vermoorden.'

14 De zee op een ansichtkaart

Op een dag ontdekte ik dat papa mama's schilderijen aan zijn minnaressen voor een nacht verkoopt en hen dwingt het vrijwilligerswerk te steunen dat hij op dat moment in de derde wereld doet. Ze kopen zonder tegen te sputteren. Ik schreeuwde tegen hem: 'Ik vind je walgelijk!' Maar dat vond ik niet echt.

'Maar wat willen jullie van me?' begon ook hij te schreeuwen. 'Je moeder kon stoppen met werken en zich wijden aan alle kleuren van de regenboog. Met het geld van haar schilderijen kunnen tientallen hongerige mensen eten. En zij waande zich een schilderes. Ik keek jaren naar haar dreigende hemel en probeerde haar aan het lachen te krijgen. Maar vroegen jullie je ooit af of ik het leuk had? Jullie susten jezelf altijd met "Papa is een rare snuiter". Een lul, dat is pas een rare snuiter!'

Mama verzamelt ansichtkaarten. Onze lievelingskaarten zijn de kaarten van Punta Is Molentis en de uitgebreide serie van de stranden van Chia. Maar al zijn die plekken hier dichtbij, we kunnen er niet komen, omdat we de weg niet weten.

We vragen ons af hoe de brem op de rotsen eruitziet, of het wilde muurbloempje met de zee op de achtergrond. Of die gele en paarse bloemen, als fluweel of mos zo zacht in de stilte. Hoe het zal zijn om daar aan dat houten steigertje aan te meren en het pad op te rennen tot aan de vuurtoren, met die lichtbundel die langs je heen blijft strijken als een aai over je wonden.

En het zijn allemaal dingen die God voor ons heeft gemaakt, om ervan genieten.

15 Oma zou de voorkeur hebben gegeven
aan Mauro De Cortes

Tante vertelde dat ze niet begrijpt hoe Mauro het toch voor elkaar krijgt om huizen te hebben die er steeds eenvoudiger uitzien, maar ook steeds mooier. Omdat hij twee keer getrouwd is geweest en kinderen heeft van zijn eerste en van zijn tweede vrouw, hield hij na elke scheiding steeds minder over om iedereen zo goed mogelijk te kunnen onderhouden. Daarna woonde hij samen met vriendinnen en was hij altijd degene die wegging en zich wist te redden en al zijn spullen steeds als cadeau achterliet. Zijn almaar kleinere huizen maakten dat hij een steeds interessantere man werd. En tante zegt dat hij niet God weet wat voor spullen heeft, maar wát hij heeft functioneert allemaal voortreffelijk: de dekbedden voor de winter zijn lekker warm, de pannen hebben de juiste deksels, bijvoorbeeld zulke met gaatjes erin, en het eten komt er perfect uit. Ze vertelt het in extase en mama trekt er meteen op uit om alles te kopiëren, maar wij kunnen nergens dekbedden vinden die lekker warm zijn zonder dat ze een fortuin kosten en evenmin een deksel dat niet begint te klepperen zodra het water kookt. Naar aanleiding van Mauro's huis vertelde tante dat ze op een keer, na de seks en hun gesprek over het laatste wereldnieuws, in Mauro's bed in slaap was gevallen en vergeten was dat het voor haar beter is als ze na een uur of twee vertrekt en dat hij haar echt had moeten wekken en met kracht uit bed trekken, omdat ze weg moest.

Oma zegt dat tante voor Mauro niet het overwegen waard is, ook al vindt hij haar vast en zeker heel erg leuk. Dat komt omdat zij te veel amoureuze avontuurtjes heeft en ook al heeft hij twee vrouwen gehad en met vriendinnen samengewoond, hij is een oprecht iemand, dat wil zeggen dat als hij iets doet, hij het serieus aanpakt en dat zijn wispelturige gevoelsleven totaal anders is dan dat van tante. Maar tante zegt dat dat niet zo is, dat Mauro nauwelijks iets weet van haar avontuurtjes, dat zij wel oppast hem dingen toe te vertrouwen of de dwaas uit te hangen, integendeel, ze gedraagt zich bijna altijd voorbeeldig.

Dan zegt oma weer dat Mauro's vrouwen te veel van tante verschillen, die altijd erg nonchalant is, nooit naar de kapper gaat, rondloopt met een bos onverzorgd haar en zich kleedt als een wilde. Tante geeft als antwoord dat ook dit niet waar is, want de weinige keren dat Mauro haar uitnodigde, droeg zij kleren die zo elegant waren dat wij ons er niet eens een voorstelling van konden maken. Om Mauro te veroveren bestudeert ze bovendien in de geschiedenisboeken alle oorlogsplannen van de grote strategen: Caesar, Napoleon, Kutuzov, Eisenhower en ze probeert ze allemaal uit. Vasthoudend, enthousiast en gepassioneerd als ze is, want telkens als het leven haar weer met beide benen op de grond laat belanden, raapt zij zich weer bijeen. Ik daarentegen denk dat Mauro de voorkeur geeft aan eenvoud en dat je tegen hem de dingen gewoon kunt zeggen zoals ze zijn. Die keer dat we samen een stukje dezelfde weg namen, had ik hem willen vragen: 'Maar geloof jij dat het "Maan-Vierkant" veel en veel meer invloed heeft dan de planeten? En geloof jij dat je echt vertwijfeld raakt van gele wasknijpers? Kun je honderd keer "Welterusten" tegen me zeggen op de juiste toon? Zou je me de weg willen wijzen naar de plek van de ansichtkaarten?'

'Je moet je in het zwart kleden met heel erg dunne lingerie, me aan een leiband houden als een hond. Je indrukwekkende tieten moeten uitpuilen in die zwarte bh die je aandoet. Daarna leg je me over de knie en geef je me honderd tikken met een Japans stokje, en als ik me beklaag, moet je me nog harder slaan. Jij vraagt mij of ik jou wil uitkleden en ik mag daarbij alleen mijn mond gebruiken, als een hond. En als iemand die lijdt en buiten adem is en hijgt als een hond, sta ik op vier poten te kermen, terwijl jij je op het bed uitstrekt, naakt, en me alles laat zien. Daarna ga ik op je liggen en spies ik je, terwijl jij doorgaat me te slaan met het stokje. Ik stoot hem bij jou naar binnen, totdat ik het uitgil van pijn en genot. Totdat ik weet wie van ons tweeën de overhand heeft.'

Toen ik op een dag nodig moest plassen, beval hij me dat boven op hem te doen, maar dat vond ik verschrikkelijk. Ik wilde dit bevel slechts onder één voorwaarde uitvoeren: als hij me zou toestaan om mijn gedachten te uiten, alles wat in me zit en wat ik nooit tegen iemand heb kunnen zeggen.

'Huil maar,' zei hij, 'er zijn heel wat dingen die jij naar buiten moet gooien. Huilen en piesen lijken op elkaar. Goed zo. Laat alles wat er in je zit maar over mij heen lopen en overspoel me. Je zult je beter voelen.'

Zo verdwijnen de vijandige maan en de gele wasknijpers, de eenzaamheid op het toilet in de pizzeria, het feit dat geen jongen ooit op mij verliefd wordt en dat ik niet weet of God echt bestaat.

Daarna zegt hij: 'Nu ben ik zo vrij om me op jou af te reageren. Ik pies over jou heen en jij blijft daar uitgestrekt liggen, met je mond open. En je zult moeten drinken.'

Ik ga in bad liggen en met gesloten ogen en mijn handen over elkaar als een dode onder de grond laat ik de regen over me heen stromen, zoals in de herfst.

En in de lente zal ik zonder meer onherkenbaar zijn, een zaadje zal ik zijn tussen al die bloemen en bladeren.

17 Weer bij elkaar

Mama is weer thuis en vandaag dwaalden zij en mijn broer, mooi en krom, door de kamers, voorovergebogen zoals altijd als ze verdrietig zijn: hij omdat hem zoals gewoonlijk op school wat was aangedaan en zij omdat ze de aftakeling van die prachtige handen net zo erg vond als het feit dat hij slachtoffer was. Ook ik voelde een stekende pijn in mijn hart.

Hij belt me al een hele poos niet meer.

Papa keek ons alle drie aan en zei: 'Oké, vertel me maar wat eraan scheelt. Laten we het er met zijn allen van nemen!'

Mama moest lachen met die zilverachtige lach die ze heeft als papa naar haar luistert.

'Vertel me alles', ging hij verder. En hij stak een sigaret op.

Maar hoe doe je dat? Het is wel duidelijk dat ik niets zeg. Volgens papa hebben we te veel schaamte in ons om ons te kunnen uiten. Praten is zoiets als piesen of poepen. Je ontlaadt je. Wat is daar verkeerd aan? God heeft ons toch ook geschapen met pies en poep, maar we zijn desondanks mooi. Soms bedenk ik hoe plezierig ik het zou vinden mijn verhalen aan mijn vader te laten lezen, maar misschien nog liever aan Mauro De Cortes, als hij ooit mijn oom wordt.

Toen mama een meisje was, mocht ze van oma niet later dan afgesproken thuiskomen.

'Ik heb te veel gewacht in mijn leven,' zei ze, 'op opa de hele oorlog lang en daarna op het huwelijk dat maar niet werd gesloten en daarna op een huis dat helemaal van ons zou zijn. Ik kan niet meer wachten.'

Dus moest mama steeds als ze bij iemand thuis was naar oma bellen. Bijvoorbeeld: 'Ik ben bij Martina en we gaan nu naar

Gianluigi. Dat duurt twintig minuten.'

En daarna vanuit het huis van Gianluigi: 'Nu ben ik met Martina bij Gianluigi en we gaan zo meteen naar Carlotta's huis. Dat duurt vijftien minuten.'

Ze was erg gehoorzaam en als bij iemand thuis de telefoon bezet was – want toen waren er nog geen mobieltjes – beefde het arme ding als een rietje en holde naar huis.

Ondanks al haar goede wil kwam ze soms te laat thuis, en dan belde oma naar de politie, de carabinieri en alle ziekenhuizen. Op een keer zelfs naar het mortuarium, waar ze een sympathiek iemand trof die haar antwoordde:

'Nee. Uw dochter is niet hier. Maar als u mij uw telefoonnummer geeft, bel ik u onmiddellijk zodra ze hier arriveert!'

Papa vertelt ons dit soort dingen om ons aan het lachen te maken en ook andere dingen over toen mama nog een jong meisje was, bijvoorbeeld dat ze zich niet kon oriënteren en als ze verdwaald was hem belde om haar ouders niet te alarmeren.

'Waar ben je, schoonheid? Ik zal uitleggen hoe je moet lopen.'

'Ik weet juist niet waar ik ben.'

'Kijk naar de straatnaam, schoonheid.'

'Die is er niet.'

'Wat vervelend, schoonheid! Beschrijf eens wat je om je heen ziet.'

Papa zegt dat mama zo fenomenaal was in het beschrijven van de omgeving dat hij meteen wist in welke buurt ze verdwaald was en hij leidde haar dan van openbare telefoon naar openbare telefoon, haar redding tegemoet.

Ze waren al heel lang bevriend toen ze zich ineens gingen verloven.

Op een dag moest mijn vader weer op reis. Hij deed iets wat hij nog nooit had gedaan: hij belde mama op om haar gedag te zeggen. Tegen het einde van dat korte gesprek waarin hij tegen haar zei waar hij naartoe ging en hoe en waarom, nam hij afscheid met een 'Dag, schatje'.

Mama antwoordde: 'Ik hou van je.'

Op een keer aan tafel, met vrienden, zei mijn vader: 'De hemel mag weten waarom mensen trouwen. Eigenlijk zou je met iedereen kunnen trouwen. Of met niemand.'

'Waar is papa?'

'Waar is mijn schoonzoon?'

'Waar is mijn zwager?'

'Waar is mijn vriend?'

Iedereen vraagt naar hem, maar hij is er niet. Papa zegt dat we een verkeerd idee hebben van stabiliteit. Dat stabiliteit voor ons betekent dat je stilstaat. Maar stabiel zijn betekent stabiel in beweging zijn. Zoals de aarde, ik heb altijd gedacht dat als hij niet ronddraait, hij uiteensplijt en we allemaal vallen. Papa zegt dat als ze hem iets moois aan de andere kant van de wereld zouden aanbieden, hij daar geen moeite mee zou hebben en het licht zou uitdoen, de rolluiken van de werkplaats zou laten zakken en weg zou zijn.

Nu begrijp ik waarom mama, toen we klein waren, nadat ze met ons uit wandelen was geweest en we weer thuiskwamen, altijd lachte en van een last bevrijd leek als boven het licht aan was.

'Papa is er', zei ze dan.

En ik dacht dan dat ze blij was omdat papa al thuis was. Met andere woorden, eerder dan wij drieën. Maar ze bedoelde dat hij er nog was.

Het bevalt me hoe de zon in de herfst of in de lente op mama's kaartenverzameling schijnt. Het bevalt me hoe de zon de onstuimige golven verlicht, of het witte zand, of het blauw van de glimmende kaart. Mijn broer en ik mogen altijd naar haar toe gaan om met haar te praten als we dat willen, ook als ze aan het schilderen is. Zij liet voor ons steeds alles vallen. Mijn broer gaat naar haar toe om haar te zeggen dat hij walgt van Sardinië en dat hij weg wil. Ik ga op mijn hurken zitten op het grote bed en blijf hier. Het is krankjorum, maar ik voel me beschermd door dit o zo broze schepsel en door al die heksenkronkels.

'Misschien lukt het ons er op een dag met mijn Vespa heen te gaan', zeg ik tegen haar, terwijl ik op de wereldwonderen op het papier wijs.

'Vraag of iemand de weg weet!' antwoordt ze al bij voorbaat enthousiast.

Opnieuw straft mama zichzelf door niet te eten voor het feit dat ze niet meer werkt. En hoe minder ze eet, des te meer geld ze verliest, of voorwerpen, of ze maakt brokken. En hoe meer brokken ze maakt, des te meer ze zichzelf straft door niet te eten.

18 Zal er nog een derde keer sneeuw vallen?

Mama zegt dat tantes ware vriend als de sneeuw zal zijn die maar niet wilde vallen in dat gedicht dat ze ons met Kerst voorlas toen we klein waren. Er viel natte sneeuw maar die verdween meteen, daarna was er een sneeuwstorm die in modder veranderde en zie daar, toen iedereen de hoop allang had opgegeven ging het opeens sneeuwen, die echte sneeuw, 'schuchter, maar overweldigend, heel erg dik en betrouwbaar'. Zo zal tantes vriend verschijnen, onverwacht, en wij zullen niet twijfelen en hem herkennen.

Eindelijk belde hij.
'Ik probeer dat godvergeten huwelijk weer op de rails te krijgen', zei hij.
'Zo hoort het.' Ik sprak op ferme, overtuigende toon. 'Je kunt geen geluk bouwen op het ongeluk van anderen.'
Dat zou zelfs de God van mijn vader niet toelaten.

Mama ligt opnieuw in het ziekenhuis en toen ik naar het bezoekuur ging was de hemel spectaculair, maar het deed me niets.
Ze wachtte me al op, alles zoals altijd netjes geordend op het keurig opgemaakte bed. Om haar niet te laten zien dat ik er beroerd aan toe was, ging ik uit het raam staan kijken.
'Hoe gaat het?' vroeg ze.
'Goed.' Maar ik draaide me niet om, want ik huilde.
'Waarom huil je?'
Toen draaide ik me abrupt om en omarmde haar al snikkend.
'Die man, die van je verhalen, heeft hij niets meer van zich laten horen? Neem me niet kwalijk dat ik ze heb gelezen, ik

vond ze op een dag toen ik je kast een beetje wilde opruimen. En ik weet het ook van de schilderijen. Papa praatte op een keer zo hard aan de telefoon … Jullie denken maar steeds dat ik toch niets doorheb.'

Toen ik wegging, was het al heel erg laat. Mijn moeder had dus in mijn laden zitten rommelen, zij die nooit iets wilde weten, bang als ze was dat de waarheid onaangenaam zou zijn. En die was inderdaad onaangenaam. Misschien had ze daarom niet meer willen eten. Ik vroeg de God van mijn vader, die van mijn moeder, de God van oma, zonder te stoppen met huilen, naar het waarom van al dat onvermijdelijke leed dat we elkaar aandoen, ook degenen van wie we het meest houden.

'Het gaat er alleen om dat we weerstand bieden,' zei ik tegen mezelf, 'dat we eraan wennen stront te moeten eten, omdat er altijd iemand is, zoals in de vernietigingskampen, die dat voor elkaar krijgt.'

Uitgerekend nu mama in het ziekenhuis ligt, heeft de beheerder de mede-eigenaren bij elkaar laten komen en verteld dat de aannemer toestemming heeft gekregen een laag erop te bouwen. Een appartement waar nu de tuin is en wat geld voor ons allemaal.

Van de negen stemmen waren er zeven vóór het nieuwe appartement en twee tegen, die van mij natuurlijk en die van de benedenbuurvrouw. De anderen zeiden dat er niets zal veranderen, dat we de potten en de stenen kruiken kunnen verdelen, de luifels, de zonneschermen, de rieten matten op de balkons gebruiken en het zal evengoed mooi worden en bovendien krijgen we geld. Ze vinden het jammer voor de mevrouw die zich zo heeft ingespannen, maar in het leven moet je nu eenmaal praktisch ingesteld zijn.

Het gebeurde in een periode waarin het goed met mama ging en ze weer at. Ze was vrolijk en leek veel sterker.

Wel viel op dat ze haar eigen kleren steeds met houten wasknijpers ophing, maar het lukte me niet de betekenis daarvan te achterhalen. Ook bracht ze mijn broer geen versgeperst sinaasappelsap meer als hij op zijn kamer pianospeelde. Het kwam voor dat ze niet met ons at, maar dan liet ze een briefje achter op de keukentafel waar ze alles had klaargezet.

'Ik ben erg moe, ik ga rusten, maken jullie je vooral geen zorgen, ik heb al gegeten.'

Als papa er was, ging hij naar haar kamer en maakte op zachte toon grapjes. Hij wist dat als ze deed alsof ze sliep, ze het niet zou houden van het lachen. Maar ze lachte niet. Zelfs niet toen hij fluisterend: 'Gna gna gna gna gna gna gna gna', zei of 'Alom crisi' voor haar zong.

Ze sliep echt.

Op een dag nam ze het besluit om weg te gaan, volgens haar opvatting van schoonheid. Ze had het er al een tijdje over dat de luifelstokken op het terras haar niet bevielen, omdat ze vol roestplekken zaten en opnieuw geverfd moesten worden.

Volgens mij heeft ze toen op een ochtend alles in scène gezet. Ze kocht verf en een antiroestmiddel en is weggevlogen met haar penseel in haar hand. Het was voor iedereen duidelijk dat ze duizelig was geworden en haar evenwicht had verloren. Maar waarom had ze haar lievelingsjurk aan? Waarom had ze haar haar pas gewassen en parfum opgedaan en waarom was in huis alles aan kant? Wilde ze niet dat onze familie een slecht figuur zou slaan?

Bovendien had ze altijd al een merkwaardige interesse voor heimelijke zelfmoorden gehad. Ze had eens gehoord dat je dood kon gaan als je in een gerecht een hele, geraspte nootmuskaat deed en ze had toen gezegd dat dat een mooie manier was, dat iedereen zou zeggen dat de zelfmoordenaar een gulzig iemand was en van sterke smaken hield en dat hij te veel had genomen. Een ander aardig idee, maar dan voor het najaar, vond ze het klaarmaken van giftige paddenstoelen, nadat iemand eerst een grote passie voor het zoeken van paddenstoelen had voorgewend. Wie in de zomer dood wilde, kon heel gemakkelijk ver in zee gaan en niet meer terugkomen zonder de achterblijvers het ongemakkelijke gevoel van wroeging te geven.

Ik weet dat ze dat soort werk nooit op dat uur van de dag ging doen. Het was een warme namiddag laat in de lente, met melkachtig licht, en de zon wilde maar niet doorbreken. We zagen mama beneden liggen, in een van de verlaten binnen-plaatsen waar nooit iemand komt, behalve om er spullen neer te zetten die weg kunnen. Ze zag er prachtig uit in haar bloe-metjesjurk, haar blonde haar in een vlecht alsof ze nog een meisje was, een mager armpje onder haar hoofd, alsof ze sliep.

Ik weet dat ze zonder wanhopig of boos te zijn is weggegaan. Ik weet dat ze de laatste tijd zo sterk leek, omdat ze wist dat het spoedig voorbij zou zijn. Ze begreep gewoon dat zij iemand was die het niet zou redden en ze is uit het leven weggevlucht, zoals ze uit de bioscoop vluchtte als de scènes haar te grimmig werden.

Papa ging naar beneden zonder haast en zonder iets te zeggen. Hij nam haar in zijn armen en droeg haar naar boven. Hij heeft nooit meer iets gezegd. Hij wilde niet meer naar ons luisteren. Hij zat vaak voor een berg peuken, alleen, met zijn prachtige handen probeerde hij droevige stukjes op zijn gitaar te spelen.

Toen op een keer het licht uit was, kwam dat omdat hij was weggegaan.

Voor de begrafenisplechtigheid van mama stuurde dokter Salevsky heel veel bloemen, alleen maar haar lievelingsbloe-

63

men. Het waren de enige, want niemand van ons was in staat na te denken of ook maar iets te organiseren. De pastoor gaf hem ook toestemming twee muzikanten te vragen om een tango vol nostalgie en schoonheid te spelen, waarbij mama altijd moest huilen als ze aan het strijken was. Toen begreep ik dat hij had besloten tante niet meer op te zoeken omdat hij verliefd was geworden op mama. Samen met haar de tango dansen was zijn vurige, maar onmogelijke verlangen naar geluk.

Toen ik haar kasten opruimde, vond ik onder mama's nachthemden *365 dagen om de aarde*. Ik maakte de rode band los en zag dat er op de binnenkant van een wenskaart iets stond geschreven.

'Sterretje, ik geef je dit boek cadeau omdat ik met jou, die nooit reisde, alle plekken wil delen die ik in mijn leven zag en nog zou willen zien. Als ik je dit boek niet cadeau zou doen, dan zouden al die plekken me niet meer interesseren. Maar nu kunnen het mooie herinneringen blijven, omdat jij ze ook kunt zien en ze kunnen mij nieuwsgierig maken, omdat ze jou nu ook nieuwsgierig maken. Mijn liefste. Mijn schat. Mijn vriendin. Mijn kleine meisje dat ik nooit heb gehad, maar aan wie ik door een merkwaardig toeval jouw naam zou hebben gegeven. Elke keer als jij me over jouw leven vertelt, lijkt het net alsof ik hetzelfde leven leid. Elke keer als jij met me danst, lijkt het net alsof ik jouw huid heb en niet meer die van mij. Ik betreur het dat liefde niet enkel een kwestie van feromonen is, want dan zou ik alleen maar hoeven te douchen en dan zou jij verdwenen zijn. Maar jij blijft. Ik kan je verzekeren dat je blijft, ook al geloof je dat je voor niemand betekenis hebt, omdat je niet danst, niet kunt paardrijden, niet aan bergbeklimmen doet, niet kunt zwemmen en geen opvallende verschijning bent. Het spijt me als ik me niet goed uitdruk in het Italiaans, maar welke lul maakt zich daar nou druk om? Wat ik in mijn leven al niet deed: duiken in diepe zee, in het duister van grotten, ik liet me verblinden door het licht op de bergen, ik reed paard, ik voer als scheepsarts op schepen die naar het eind van de wereld gingen, ik had veel vrouwen, ook opvallende verschijningen. Maar als de Heilige Vader me voor mijn geboorte zou hebben gevraagd te kiezen waar mijn voorkeur naar zou uitgaan en hij me, vanuit mijn toenmalige perspectief als engel, jou zou hebben laten zien, languit op je kleine terras, gehuld in je bloemetjesjurken (maar ik verzeker je, beeldschoon), dan zou ik jou hebben gekozen. Maar niemand heeft het me gevraagd. En nu zit ik hier en in plaats van met een willekeurige vrouw te neuken, of te masturberen terwijl ik naar een foto uit de *Playboy* kijk, doe ik niets anders dan me voorstellen hoe het zou zijn als het me zou lukken jou bij mij in bed te hebben, naakt en zacht, tenminste voor een keer. En je dan alleen maar neuken en meer niet, dat zou ik als een misdaad beschouwen. Ik zou je willen laten reizen, bergen beklimmen en je laten duiken, en dat alles tussen mijn lakens.

Toen je bij mij op het spreekuur kwam en wij meteen vrienden werden, had ik je niet moeten laten gaan. Of ik had je niet moeten volgen, maar je was zo blij een vriend voor je zus gevonden te hebben en zo trots dat een van je dierbaren iets moois overkwam dankzij jou, dat ik je heb laten begaan. Maar het was juist jouw bijzondere energie die ik wilde, jouw ogen en jouw lippen en jouw borsten die te zien zijn als je je bloemetjesjurk aanhebt, die met het diepe decolleté.'

En toen stond daar dokter Salevsky's naam.

Ik kon het boek niet wegleggen en geëmotioneerd begon ik ons kleine eilandje in de Sulu-archipel op te zoeken. Daar vond ik een velletje met hetzelfde handschrift.

'Kindje van me, tegen wie ik duizend keer "Welterusten" zou willen zeggen op de toon die jij het liefst hoort, waarom zeg je dat ik het woord liefde gebruik zonder erbij na te denken? Ik gebruik geen enkel woord zonder erbij na te denken. Ik weet dat je van me houdt en zelfs jij doet dit niet zonder erbij na te denken. Praten gaat me gemakkelijk af. Ik zou je met woorden om de tuin kunnen leiden, ook al is mijn Italiaans niet al te best. Met woorden zou ik je wereld kunnen vergiftigen en je meenemen. Ik zou je datgene willen laten zien wat je niet ziet, bijvoorbeeld dat een toekomst zonder mij niet mogelijk is. En als ik bij jou ben stromen de woorden als rivieren, heel gemakkelijk, zoals het hoort, zonder weerstand. Met woorden zou ik je mee kunnen nemen, maar ik doe niets.

Ik kan niet het risico lopen je pijn te doen. Want ik ben ertoe veroordeeld niet te weten wat jou pijn doet. Je ontvoeren of je hier laten?

Ik zal het daarentegen tegen je zus zeggen en mijn woorden dan vakkundig instuderen, ze zullen doel moeten treffen: een lawine van rotstreken. Arme ziel, want ik mag haar graag. Ik zal tegen haar moeten zeggen dat ik er zo een ben die van alle vrouwen tegelijk houdt of van geen enkele, dat reizen mijn lust en mijn leven is, dat ik niet op één plek kan blijven en geschapen ben om alleen te wonen.

Maar met jou voelde ik me op mijn gemak, jij hield me gezelschap. Jij zit in me en ik kan je overal mee naartoe nemen. Ik heb nooit tegen je gepraat om je ergens van te overtuigen en ik wil dat ook nu niet doen. Ik praatte met je omdat het plezierig is met jou te praten en naar jou te luisteren. Wij hadden elkaar gevonden. Ik geloof dat dat liefde is en ik zeg dat niet zonder erbij na te denken. Ik weet alleen niet wat ik moet doen. Alles wat ik in mijn leven aan een onderzoek onderwierp – avonturen, gevaren, vrouwen – het volstaat niet om erachter te komen wat ik moet doen, of ik je moet meenemen of niet.'

Sinds mama's dood zijn er nu een zomer en een winter voorbijgegaan. Eindelijk heb ik het strand van Punta Is Molentis gevonden. Een smalle strook fijn zand, onderbroken door rotsen die een beetje lijken op onze *mammuttones*, oude Sardijnse maskers, en een beetje op de ridders van de Ronde Tafel. Waar aarde de plaats van het zand inneemt en de jeneverbessen geuren. Een magische, intens blauwe plek. De meeuwen slapen er op het water en het lijkt alsof ze niet echt zijn, zo rustig. En het is haast niet voor te stellen dat het in de baai windstil is, terwijl achter de kaap de mistral tekeergaat. Eindelijk ben ik in het paradijs aangekomen en het deert me niet dat ik vuil ben en onder het bloed zit. Hij vroeg of ik het nog een keer wilde doen, één keer nog maar, voordat we uit elkaar zouden gaan en ik vroeg hem mij in ruil daarvoor naar de plek van de ansicht-kaart te brengen.

Toen hij op een dag naar mij toe kwam en er niemand thuis was, liet ik hem die kaart zien en hij vertelde me dat hij de weg ernaartoe wist, dat hij er zelfs vaak naartoe ging, maar niet met mij kon gaan. Dat maakte me gelukkig.

Maar er gebeurde iets, ik weet het niet, ik herinner me niets meer, er kwam iemand aan en ik kon niet vluchten. En het lukte me evenmin zijn aanwijzingen te volgen: in zee duiken, hem volgen. Ik herinner me dat hij zei dat ik in die grot op hem moest wachten, hem moest bellen met mijn mobieltje zo-dra die mensen daar waren vertrokken en hij zou dan meteen komen.

Maar daarna schoot me te binnen wat Mauro had gezegd toen hij ons kwam opzoeken na mama's dood. Eigenlijk kwam hij om naar het kistje te kijken met mama's as, want ze heeft geen graf. Ze was bang om in het donker zonder zuurstof op-gesloten te zitten, en ze zei altijd dat als ze ooit dood zou zijn, wij haar in een kistje moesten doen en haar thuis moesten hou-den, bij ons, dicht bij het raam met het mooie uitzicht en al die kleurschakeringen.

Toen hij was gaan zitten en het kistje zonder iets te zeg-gen had vastgepakt, zei ik tegen hem: 'Wat is het leven toch vreselijk, Mauro.' En hij had me als antwoord gegeven dat het leven noch mooi noch lelijk is, het is simpelweg iets wat geleefd moet worden als we eenmaal geboren zijn. 'Dus laten we dat dan doen!'

Mauro had wel begrepen dat wat er met mama was gebeurd geen ongeluk was.

En nu ik mijn gedachten zo laat gaan, over Mauro, over wat hij zei, over alle keren dat hij trouwde en weer ging hertrouwen en hoe hij om zijn kinderen te onderhouden en zijn vriendinnen niet tegen te werken hun steeds het grootste huis gaf en zelf een kleiner nam, steeds maar kleiner, en hoe hij een steeds grotere man werd, maar kijk, deze gedachten doen me aan iets anders denken …

Dus haal ik mijn mobieltje uit mijn jaszak en in plaats van hem om hulp te vragen, bel ik Mauro. Ik vertel alleen de naam van de plek en hij komt meteen, met een jerrycan water, shampoo, handdoeken, ontsmettingsspul en een van zijn overhemden, want in zee krijg ik alleen het ergste vuil eraf. Ik schaam me diep, maar ik voel me al minder rot als we beginnen te praten terwijl hij me helpt.

'Vind je het nu echt leuk om op zo'n manier seks te hebben?'

'Ik deed het omdat ik van hem hield. En hij hield ook van mij.'

'Dan heeft hij vandaag een uitgebreide demonstratie gegeven, zou ik zo zeggen, een die je aan den lijve hebt ondervonden!'

En ondanks het tragische van de situatie moet ik toch lachen.

'Ik was gelukkig, want als ik alle aanwijzingen had opgevolgd, had het eeuwig kunnen duren, ook als ik oud en rimpelig zou zijn.'

'Voor altijd gefolterd te worden: een mooi vooruitzicht.

Maar gebeurde dat niet in de hel?'

Ik barst weer in lachen uit, want als Mauro hier is lijkt alles gemakkelijk en duidelijk en ook een beetje maf.

'Zou je niet graag op een prettige manier verliefd willen zijn?'

'Natuurlijk, maar dat is niet mogelijk. Dat is voor niemand in mijn familie weggelegd.'

'Je zou kunnen proberen ernaar op zoek te gaan. Sterker nog: er een op te eisen. Stop met die kruimels en die folteringen. Doe moeite voor een leuk liefdesleven.'

En als we door de nacht teruglopen, voel ik me helemaal fris en geurig en ik vind Mauro zo sympathiek dat ik hem zelfs vertel over de gekleurde wasknijpers. 'Waarom koop je geen houten?' vraagt hij.

'Omdat doodskisten van hout zijn gemaakt en mama's kistje ook.'

En nu is het Mauro die in lachen uitbarst en zich verontschuldigt en zegt dat hij niet iemand is die gemakkelijk lacht, maar nu kan hij het echt niet onderdrukken.

'Gooi jezelf niet zomaar weg, kleintje, verkoop jezelf nooit meer op die manier, en dat voor de grootste klootzak die hier rondloopt. Jij bent waardevol. We zijn allemaal waardevol. Jij verdient iemand die graag met jou naar mooie plekken wil gaan zonder je te folteren. Beloof me dat je naar zo iemand op zoek gaat en niemand anders accepteert', zei hij terwijl hij me gedag zei.

En het kwam in me op dat het leven niet alleen de mogelijkheid biedt je te laten verdrinken in de stront, of anderen te laten verdrinken, of dood te gaan. De manier van Mauro is er ook nog. En ik wil naar tante rennen en naar mijn broer, om tegen hen te zeggen dat er ook nog deze manier is.

20 Het geluk

Ik ken geen beter iemand dan Mauro De Cortes, maar hij blijft net zo op afstand als de horizon aan zee. Telkens als wij hem uitnodigen, antwoordt hij: 'Dankjewel, maar ik heb al een andere afspraak.' Hij zou bergen voor ons verzetten als we in gevaar zouden zijn, maar hij zal nooit bij ons komen eten, of met ons naar de bioscoop gaan, of naar zee.

Ik heb erg te doen met tante, ook al is ze een suikerpop met krullend haar, wil ze bij vlagen gezond leven en komt ze nooit naar huis zonder dat iemand haar eerst heeft versierd. Het doet me verdriet dat zij in haar leven nooit meer dan drie aaneengesloten uren met een man samen is, laat staan voor een nacht, of voor een uitje en al zeker niet voor een reis. Zij weet dat die dingen bestaan, want dat heeft ze in films gezien, of in liedjes gehoord, of ze hebben het haar verteld.

Papa had gelijk: God wil niets voor tante doen.

Of oma heeft gelijk: tante wil niet. Want ze is altijd te uitbundig, te rebels. Ze stuurden haar van school en belden mijn opa en oma om te zeggen dat hun dochter steeds maar aan de rand van het zwembad te vinden was en in de klas niets anders deed dan haar vrienden aan het lachen maken met haar grappen. En misschien heeft oma wel gelijk, ook omdat tante snel op alles uitgekeken raakt, vooral wat haar minnaars betreft.

Ze zegt tegen mij dat het niet waar is dat ze snel genoeg van hen heeft, maar dat ze bang is dat zij op haar uitgekeken raken en daarom probeert ze het beste van haarzelf te geven en het is waar dat haar minnaars haar na twee of drie uur wegsturen, maar het klopt ook dat zij dan niet meer kan, omdat ze moe is. Behalve die keer met Mauro De Cortes toen ze in slaap was gevallen en dacht dat ze door de golven werd gewiegd.

Maar tante is niet saai. Als ze bij ons komt willen we haar

nooit laten gaan en niet alleen nu niet, nu onze ouders er niet meer zijn, maar altijd al. Wij amuseren ons als ze dierengeluiden maakt, of het koffiepotje nadoet als het begint te pruttelen, of de wasmachine in alle wasfases, of op een kletsnatte vloer de landing in Normandië. Of gewoon als ze lacht om films die ze grappig vindt en jij je afvraagt: maar wat valt er nu te lachen? En daarna valt je op dat je alleen maar aan het lachen bent omdat zij lacht.

Als mama zei dat tante grappig was, dan antwoordde papa dat grappig zijn iets anders is dan kinderachtige grapjes maken en dan ook nog steeds dezelfde, of grapjes maken om anderen. Volgens hem was mama's manier beter, want zij probeerde het niet eens, zo bescheiden, eerlijk en wijs als ze was.

Tante heeft overduidelijk een nieuwe aanbidder. Hij is rechter en zij denkt dat hij Oostenrijker is, ondanks zijn Sardijnse achternaam, want hij heeft iets strengs en ijzigs in zijn gezicht en in zijn manier van doen, en verder is het niet eens zeker dat hij haar aan het versieren is. Ze leerde hem kennen omdat ze voor haar historisch onderzoek iets over strafrecht nodig had en hij genoemd werd als dé expert op dit gebied.

De rechter nodigde haar uit samen een espresso te gaan drinken, even tien minuten een dezer dagen, in een koffiebar onder de Torre dell'Elefante, met prachtig uitzicht, en terwijl hij haar uitnodigde keek hij bijzonder geïnteresseerd naar haar. Het kwam op tante over alsof hij een bepaald soort interesse had, maar echt duidelijk was het niet.

En ik vraag me af welke man – of hij nu streng is, rechter en misschien wel Oostenrijker – tantes superlange benen kan weerstaan, haar korte dunne rokjes en haar wespentaille en haar volle, grote, boterzachte tieten die gemakkelijk zichtbaar worden door haar nonchalante bewegingen of door haar te dunne truitjes en slordig dichtgeknoopte bloesjes. En bovendien, als tante praat, zich bukt, zich opwindt, blijven haar kleren niet op hun plaats zitten, maar ze zorgt daar niet met opzet voor, want het gebeurt ook als ze bij ons is of bij oma. Volgens mij is er geen man die een weelderige suikerpop met krullen voor haar ogen kan weerstaan, eentje met stevige, zachte, blanke tieten met heel gevoelige tepels en als kind smeekten wij haar altijd ze te mogen strelen of op zijn minst aan te mogen raken: fabelachtige lekkernijen van marsepein, ijs en slagroom. Het moge duidelijk zijn dat het diepe indruk op de rechter maakte.

Even tien minuten espresso drinken een dezer dagen, vertelde tante me, bleef niet bij tien minuten, het werden er veel meer. Bovendien kwam de rechter niet met een elegante, blauwe auto aanrijden, zoals zij zich had voorgesteld, maar op zijn scooter, en hij vroeg haar achterop te gaan zitten en duwde haar een helm in haar handen die hij speciaal voor haar had meegenomen. Tante had op straat vaak stelletjes op een motor gezien, maar ze had er nooit zelf op gezeten en toen dat wel gebeurde had ze het gevoel alsof ze zich aan het andere einde van de wereld bevond, en het meest rare was nog – want het ging nog steeds over haar, zoveel is zeker – die herinnering aan hoe het was. Daar komt bij dat het op een scooter niet nodig is dat je praat om de stiltes op te vullen, want het enige wat je mag doen is zwijgen om de bestuurder niet af te leiden en verder mag je van de omgeving genieten met je wang op zijn schouder. Ik had haar vaak uitgenodigd voor een ritje achter op mijn Vespa, maar ze wilde nooit mee. Ach ja, het heeft ook geen zin een mop uit te leggen aan iemand die de clou niet snapt, want dan is de lol eraf.

In de koffiebar, bij een espresso, onder de Torre dell'Elefante begon tante hem toen uit te leggen waar ze naar op zoek was, waarbij ze om indruk te maken uitgebreid inging op enkele historische kwesties, maar de rechter viel haar in de rede en zei dat het lezen van geschiedenisboeken zijn enige hobby is als hij er tijd voor heeft en dat hij dit onderwerp al kende. Kortom:

spaar je stem, want het is verspilde moeite.

Dus ging ze rustig achterover zitten, luisterde naar wat hij te zeggen had, lachte en liet hem lachen, want hij kan geraffineerde grappen maken, maar het leuke aan hem is dat hij goedlachs is en om hem aan het lachen te krijgen hoef je niet net zo geraffineerd te doen.

Tussen de serieuze onderwerpen door kwamen ook vertrouwelijke voorbijglippen, bijvoorbeeld dat de rechter sinds kort is gestopt met jointjes roken en dat hij ontelbare liefdesavontuurtjes heeft gehad die allemaal klote eindigden en dat hij nooit begreep waarom, want hij gaf altijd het beste van zichzelf.

Tante barstte toen ook los en onthulde hem dat zij ook wel een honderdtal relaties heeft gehad die allemaal klote eindigden en dat ook zij nooit heeft begrepen waarom, want ook zij gaf altijd het beste van zichzelf.

Ze stond plotseling op van haar stoel en ging vlak voor hem staan om hem een van haar voorstellen te doen die papa omschreef als kinderlijk, overdreven en onmogelijk: een overeenkomst waarbij ze aan de volgende minnaar het slechtste van zichzelf zouden geven en dat ze van die ander hetzelfde zouden verlangen.

Daarna ging ze weer zitten en begon de overeenkomst op een papieren servet te schrijven: liefde alleen voor wie haar zal weerstaan en alleen als wij haar zullen weerstaan! Ze piekerden zich suf om erachter te komen welk historisch verdrag hierop leek, maar er schoot hun niets te binnen.

Tegen de tijd dat de rechter haar achter op zijn scooter hielp en beloofde haar te helpen met haar onderzoek was het al donker.

Ik stel me de sneeuw voor op de Oostenrijkse bergen, sneeuw die de schoonheid verbergt die weer zichtbaar wordt als het gaat dooien, maar ik weet dat die schoonheid er nu al is. Ik stel me alle dieren voor die tante kan nadoen en die nu daar in de bossen liggen te slapen, maar die bij het ontwaken weer hun geluiden maken. Ik stel me een behekst kasteel voor waar de stilstand en de dood regeren, maar waar vervolgens het water in de koffiepotjes weer begint te pruttelen en de wasmachines al hun wasfases doorlopen. Ik stel me tante voor, die de eerste wals van haar leven danst waarbij ze zich niet verveelt of iemand anders tot wanhoop drijft.

Heel erg dik en betrouwbaar, zoals het in mama's gedicht stond, was daar opeens de liefde en iedereen herkende haar meteen. Een duidelijke reden voor dit alles is er niet. Geheel en al toevallig verscheen bij een kopje espresso de mysterieuze kracht die de wereld draaiende houdt.

Na die espresso was voor tante niets meer hetzelfde. Haar andere relaties hadden haar leven niet veranderd. Ze kwam nu heel vaak bij de rechter thuis en hij gaf haar nooit te kennen dat het tijd was om te gaan. Ze maakte sauzen klaar en zette die in de koelkast, zodat hij geen rotzooi at als hij haast had. Zij noemde haar geliefde bij zijn roepnaam, zoals je dat doet met huisgenoten. Ze belde hem zo vaak als ze daar zin in had zonder zich af te vragen of het uitkwam, en hij deed dat ook en vaak was dat alleen om iets grappigs te vertellen waar ze om moesten lachen. Tante, die nooit met mij had willen meegaan, kocht zelfs een lange broek voor op de scooter, want de rechter had gezegd dat als zijn dag niet op twee wielen begon hij zich niet lekker voelde. Hij hield van tantes omhelzing 's ochtends vroeg, haar zachte tieten en haar wang op zijn rug, haar lange benen langs zijn dijen. Als de rechter tante niet naar de universiteit vergezelde, begon zijn dag niet goed, zo zei hij. Tante vertelde me dat ze van hem hield en ik had geen zin om te denken aan wat papa zou hebben gezegd: 'Wat heeft mijn schoonzus nodig om verliefd te worden?'

Toen tante voor het eerst bij de rechter thuiskwam om te luisteren naar de originele versie van 'American Pie', een liedje dat Madonna nu ook zingt, vroeg hij haar heel spontaan zich voor hem uit te kleden. Er had nog nooit zo'n mooie vrouw in zijn huis rondgelopen en hij kon zich evenmin voorstellen dat juist hem dat kon overkomen. Vrouwen zoals zij had hij alleen in de bioscoop gezien en in tijdschriften, maar nooit zo in werkelijkheid en vooral niet van zo dichtbij. Zo'n gelukstreffer – dat wist hij zeker – zou hem in zijn leven geen tweede keer overkomen.

Tante vond zijn verzoek liefdevol en helemaal niet vulgair en ze knoopte haar bloesje los. Ze liet haar tieten zien en haar volle lijf, daarna ging ze naast hem op de bank zitten en pakte zijn handen vast.

'Raak me aan. Je mag alles doen wat je maar wilt.'

Dat waren de gelukkigste dagen in het leven van mijn tante. Een hevig verliefde vrouw die wist dat haar liefde werd beantwoord en die altijd lachte. En ze was nu echt mooi. Niet zoals eerst: een goed geslaagd exemplaar van vlees en bloed dat vergeleken met het bijzondere van mama eigenlijk niets voorstelde. Want ik vond mama prachtig, met haar gang als van een geslagen hond, die je deed denken aan de manier van lopen van de armen der aarde, en ik ben blij dat dokter Salevsky haar ook prachtig vond. Mama had de liefde voor het leven in zich. Niets was haar onverschillig. Een spons die de gaven Gods in zich opzoog. In die dagen waren tante en de rechter twee sponsen die zich volzogen met alle moois van de hele wereld. De rechter liet haar iets proeven wat ze nog nooit had geproefd, volstrekt normale dingen voor wie weet hoeveel mensen, maar voor tante – gewend als ze was aan kruimels – een feestelijk gedekte tafel die ze tot die tijd alleen vol begeerte door een glazen wand had kunnen bekijken. Ze vertelde mij over het genoegen van een warme douche samen, ze hield er ontzettend veel van om onder de waterstraal te staan en ze was dan heel erg gelukkig. En toen had de rechter tegen haar gezegd: 'Ik hou van je' en niemand, werkelijk niemand met wie tante in al die jaren had geneukt had ooit zoiets tegen haar gezegd. Fantastisch. Spectaculair. Schitterend. 'Hou van me. Ik wil de liefde bedrijven met elk kleinste deeltje van je lijf. Ik wil met je hersens neuken. Ik wil met je hart neuken.'

Tante had van geluk willen sterven in plaats van hier te blijven om te zien wat er zou gebeuren. Hadden al die mannen in haar leven haar daarom verlaten, zodat het deze keer anders zou zijn?

'Omdat het misschien voor een keer allemaal anders is', zei ik, zonder dat ik me ergens in het bijzonder op baseerde. En ze vond het prachtig, terwijl ze me aankeek, vol vertrouwen in een toekomst die een nichtje van achttien jaar haar zo zelfverzekerd beschreef. Toch kwam er een einde aan. Zomaar en plotseling. Tante kwam op een ochtend terug van de universiteit en zag de rechter voorbijrijden op zijn scooter met op het achterzadel, op de plek van tante, een andere vrouw die hem omarmde en haar wang op zijn schouder legde.

Toen ging tante op de trap voor het huis van de rechter zitten en wachtte uren op hem terwijl ze naar de lucht staarde.

'Waarom?' vroeg ze hem terwijl ze in huilen uitbarstte. 'Waarom?'

De rechter verdedigde zichzelf niet. Hij vroeg haar evenmin om mee naar boven te gaan. Hij ging naast haar op de trap zitten en smeekte haar te stoppen met huilen, met een brok in zijn keel. Hij legde een arm om haar schouders heen. Dat was nog het ergste. Hij had aan de vrouwen in zijn leven het beste van zichzelf gegeven en daarbij het gevoel gehad dat hijzelf als een zeepbel uiteenspatte en daarna kwam er niets meer. Hoeveel vrouwen hem al verlaten hadden? Het aantal herinnerde hij zich niet. In elk geval allemaal. Die pijn wilde hij nooit meer meemaken.

Als tante hem zou verlaten, dan zou hij deze keer wel op zijn pootjes terechtkomen. Want hij hield ook van die andere vrouw en dankzij haar ervoer tante hem als sterk en hield ze van hem, en dankzij de liefde van tante ervoer de andere vrouw hem als sterk en hield van hem. De wereld behoort toe aan sterke mensen en dat wist zij die haar zus had zien sterven als geen ander.

'Blijf. Ik smeek je. Neem me zoals ik ben, mijn lief. Ook al vind je het vreselijk. Laat me toe. Je had het beloofd. We hadden erop geproost.'

Maar tante vluchtte weg en toen ze bij ons kwam begon ze door het huis te rennen en haar hoofd tegen de muur te slaan. Ze zei dat ze niet meer wilde leven en zichzelf in stukken zou hakken, dat hoofd van haar en dat lichaam, ze dienden nergens voor en waren niemand van nut en niemand wilde ze of had ze ooit gewild. Daarna wierp ze zichzelf op de grond, waste zich niet en wilde dagenlang niet eten.

Oma kwam naar ons toe om naar haar dochter kijken, te voet en buiten adem door de vele trappen, en ze leek elke dag ouder te worden. Ze nam een krukje en ging naar tante zitten kijken die opgerold op de vloer lag en ze somde alle lekkere hapjes op die ze had meegenomen. Ze zei dat dit werkelijk verschrikkelijke tijden waren waarvan niemand meer iets begreep. De honger die zij in haar tijd had gevoeld was minder erg dan de honger die tante nu voelde. Zelfs de oorlog was beter, want toen wist je tenminste wie je de schuld moest geven. Eerst de Amerikanen. Daarna de Duitsers. En ook al kwamen er andere slechteriken, dan wist je dat tenminste voor dat moment. Maar nu, wie kon je nu de schuld geven? Het was wel duidelijk dat de rechter ook een stakker was en erg onvolwassen, net zo onvolwassen als tante. Na nog geen dag geloofden ze al dat ze op elkaar verliefd waren, terwijl ze niet eens wisten waar liefde begint en waar ze ophoudt. Net als die vader van jullie, die altijd alles wist over God, over de liefde, over goed en kwaad, maar vervolgens liet hij zijn kinderen zonder geld achter. Net als mama, een angstig konijntje, ook zij zonder enig benul. Domweg van het balkon gevallen, terwijl ze heel goed wist hoe zwak ze was en hoe vaak ze duizelig werd. Vandaag de dag bestonden er noch goede noch slechte mensen. Je wist niet meer wat je te wachten stond, hoe te leven. God zelf leek in de war en zij zou nooit meer naar de kerk gaan en ook niet meer bidden. De oorlog had haar verloofde gered en de vrede liet haar kinderen sterven. De honger van toen waren ze te boven gekomen door naar het platteland te vluchten, aan de honger van haar dochter nu was niet te ontkomen.

Toch zei tante vanuit die gevangenis zonder water en zonder voedsel niet: 'Een schop onder de kont van die rechter', en ze zei het ook niet nadat ze weer van de vloer was opgestaan. Ze had echt van hem gehouden en ze was hem dankbaar voor de dagen die ze als echtgenote had doorgebracht.

Nu, nu het bijna een jaar geleden is, zegt ze vaak dat er weinig voor nodig is om echtgenote te zijn en dat het niet waar is dat zij daarvoor niet in de wieg is gelegd: 'Je laat jezelf op een scooter vervoeren, maakt sauzen klaar, bedrijft de liefde en je gaat met je echtgenoot onder een heerlijke, warme douche staan. Er zijn een heleboel mensen die over het huwelijk klagen, maar ik vond het geweldig. De gelukkigste periode van mijn leven.'

'En je hebt ook niets nodig om moeder te zijn. Veel moeders klagen voortdurend over hun kinderen, kijk maar naar je oma. Ik daarentegen heb niets te klagen over jullie. Moeder zijn is geweldig. De gelukkigste periode van mijn leven.'

Het ging als volgt toen tante niet meer van de grond wilde opstaan, er dagen voorbijgingen en we heel goed wisten dat als er niets zou gebeuren, zij nooit meer zou opstaan. Ik ging vertwijfeld naar Mauro en hij zei dat tante volgens hem niet meer op dezelfde voet verder kon gaan, dat ze haar leven weer moest oppakken en dat ze dat zeker zou doen. Hij zei dat ik rustig moest blijven, dat tante niet dood zou gaan en dat ze vast en zeker weer op tijd verliefd zou worden, de landing in Normandië weer zou nadoen als de keuken toevallig weer eens onder water was gelopen, of de tactiek van generaal Kutuzov, terwijl ze achteruitliep in de gang. Hij geloofde niet in God, maar de kracht van de natuur was een vanzelfsprekend gegeven en mijn tante maakte daar met dezelfde vanzelfsprekendheid deel van uit.

Ik zette zelfs mijn trots opzij en belde al haar ex-vriendjes van wie ik een telefoonnummer kon vinden.

'Wat mankeert er aan mijn tante?'

Sommigen maakten zich ongerust en dachten dat ik het een of andere wraakzuchtige nichtje was. Anderen antwoordden: 'Ze is perfect, maar niet voor mij.'

Maar mijn broer kreeg een ingeving.

'Ik heb je nodig', zei hij tegen haar. 'Ga niet dood. Wees niet zo egoïstisch. Ik dacht altijd dat ik jou leuker vond dan moeder en ook dan vader en ook dan oma. En wat zou ik niet geven voor zo'n geweldige vriendin. Op mijn piano na: alles.'

Toen stond tante op en nam een koude douche, zoals ze

altijd had gedaan voor ze de rechter leerde kennen, daarna viel ze aan op de pan met gehaktballetjes die oma voor ons had achtergelaten.

Ik was boos op mijn broer. 'Dat mag je onze ouders niet aandoen.'

'Het is niet waar dat ik tante meer mag, maar het is ook niet waar dat de doden ons horen, of dat de mensen die ver weg zijn voelen wat wij denken, of meer van dat soort lulkoek. De doden zijn er niet meer en mama is alleen nog maar as in een kistje en als papa onze gedachten kon lezen dan zou hij terug-komen. Of niet soms?'

Maar het is een feit dat tante opstond van die vervloekte vloer.

Dus zei tante oma gedag, verhuisde haar geschiedenisboe-ken en haar jurken met decolleté naar ons huis en begon aan haar nieuwe leven zonder vriendjes en zonder geld, want ze wilde ons allebei onderhouden zonder oma om hulp te vragen. Ook wilde ze ons huis kopen – dat een huurhuis was – en het daarna aan ons schenken van het geld dat ze had gespaard voor haar huis voor als ze ooit zou trouwen, en verder zou ze er een hypotheek voor afsluiten.

Als we niet zo bedroefd waren geweest, hadden we ons met tante zelfs prima vermaakt, want als we allemaal bij elkaar waren, diste zij, met haar gevoel voor het in de steek gelaten worden en voor nederlagen, altijd wel de een of andere tragi-sche historische gebeurtenis op die ze dan vergeleek met onze situatie. Na het tijdperk van de Bijbel, zo zei mijn broer, was het nu de beurt aan de geschiedenis. Wij waren de Carthagers bij Zama, de Perzen bij Marathon, Napoleon bij Waterloo. We vochten mee in de Slag om de Somme, de Slag bij Verdun en we capituleerden bij Caporetto. We leden kou bij Stalingrad. We waren Joden in nazi-Duitsland en Palestijnse vluchtelin-gen, verjaagd door de Joden. Maar tante zei dat we er ook weer bovenop zouden komen, net als de Japanners.

Ze maakte vaak wat bijzonders klaar en nodigde dan Mauro De Cortes uit om bij ons te komen eten. Hij wilde niet onbeleefd lijken en antwoordde: 'Dankjewel, maar vandaag heb ik al een afspraak, misschien een andere keer.'

Tante wachtte op een volgende gelegenheid en stuurde hem gekke sms'jes waarin ze zich voordeed als de eigenares van een restaurant en hem het menu doorgaf. Mauro antwoordde net zo sympathiek, maar bleef toch weg. Toen zij besloot de specialiteiten achterwege te laten, omdat de enige echte klant toch nooit zou komen, waren ze dat allang niet meer: de groenten waren niet knapperig, de sauzen waterig, de toetjes droog, het brood oud.

En als we een vies gezicht trokken, zei tante: 'Als ze dit in Afghanistan toch eens hadden of in Palestina, of in Nicaragua, waar die vader van jullie vast en zeker naartoe is gegaan! Als jullie opa dit in het concentratiekamp toch eens had gehad, of de Londenaars tijdens de bombardementen in september 1944!'

'Tante,' barstte mijn broer ten slotte los, terwijl hij zijn bord aan de kant schoof, 'het is geen oorlog. We wachten alleen op het moment waarop Mauro De Cortes het de moeite waard vindt bij ons te komen eten.'

We keken hem met open mond aan. Hoe was het mogelijk dat iemand die zich steeds in zijn kamer opsloot om piano te spelen en echt niemand toestond vertrouwelijk te worden, alles had begrepen? Die dag sloot tante haar restaurant en als ze specialiteiten klaarmaakte, dan waren die alleen bestemd voor de familie Sevilla Mendoza.

Het moeilijkste moment kwam toen Mauro De Cortes, die zijn telefoon niet beantwoordde, ons een ansichtkaart stuurde uit Griekenland waarop stond dat hij een jaar onbetaald verlof had genomen en samen met zijn nieuwe vriendin een andere

zeilboot had gekocht. Hij was weggaan en voer nu op de diep-
blauwe zee van de ansichtkaart, met in de verte een klein wit
terras met rode en lila potten met anjers en geraniums onder
een Grieks blauw raampje. Daarna kwam een ansichtkaart met
een klein terras bij nacht. De maan verlichtte een geelgeverfde
stoel en een tafeltje met daarop een glas dat leeg was. Hij zei
alleen dat het goed met hem ging en hij wenste ons dat ook
toe.

Het idee bekroop ons dat God óf niet bestaat, óf onrecht-
vaardig is, omdat wij in al die ellendige gevechten nooit eens
wonnen en altijd aan de kant van de doden stonden.

We stopten met bidden en ik schreef geen enkel verhaal
meer. Mijn broer besloot niet meer naar school te gaan en alleen thuis te blijven en piano te spelen, want hij kon niet meer
tegen zijn vrienden van school. Tante besloot niet meer met
mannen om te gaan. Definitief. Ik treurde om hem: om de tijden dat ik, om gelukkig te zijn, genoeg had aan het uitvoeren
van zijn opdrachten en het me verplaatsen in de wereld van
mijn dromen. En toen hij me belde omdat hij me weer wilde
zien en me zwoer dat hij die keer aan het strand van de ansichtkaart had geprobeerd me weg te dragen, maar dat ik van steen
was en dat hij urenlang had gewacht op mijn telefoontje, was
het erg moeilijk niet te geloven dat dit liefde was. Maar liefde
moest toch echt iets anders zijn.

Op een van die vele treurige dagen loop ik naar beneden om het afval weg te brengen bij het kapucijner klooster en hoor in een afvalcontainer een levend wezen janken. Omdat ik wel tegen een stootje kan, ga ik dichterbij op een oude baksteen staan en zie een mandje met natte, stinkende bastaardpuppy's met druipogen. Ik vraag me af of ik ze maar beter kan laten doodgaan. Wat voor hondenleven staat hun te wachten? Alleen maar ellende. Ik kan op geen enkele manier vijf honden herbergen en tante wil ze al helemaal niet in huis hebben. Dieren ontbreken er nog aan. Dus, de eerste de beste die langskomt en die me aanstaat vraag ik om hulp, of om zijn mening.

'Hallo, mag ik u iets vragen!'

'Wat is er!'

'Er zitten hier binnen vijf puppy's. Ik heb geen idee of het beter is dat ze doodgaan of blijven leven. Ik kan niet voor ze zorgen.'

'Laten leven, verdomme,' zegt hij terwijl hij naar me toe komt hollen, 'ik ben bijna dierenarts!'

'Dierenarts?'

We halen de puppy's onmiddellijk uit de afvalcontainer en leggen ze op het jack dat de jongen op de grond uitspreidt.

'Wat is God toch een vreemd wezen,' zeg ik in mezelf pratend, 'hij lijkt in niets geïnteresseerd en dan verschijnt hij plotsklaps om vijf puppy's te redden. Ik ben zo blij voor ze. Een dierenarts.'

'En waarom heeft Jezus Christus je de rug toegekeerd?' vraagt de jongen, terwijl hij de laatste puppy op zijn jack legt.

'Mijn moeder is dood. Mijn vader is weggegaan. Mijn tante was er slecht aan toe en wilde een tijdlang niet meer van de grond opstaan. Een vriend, een op wie je kon rekenen, vertrok om op de Middellandse Zee te gaan zeilen. De man van wie ik hield is getrouwd. Mijn opa was een geweldig iemand, maar hij ging dood aan een maagzweer die hij overhield aan het concentratiekamp van de nazi's. Mijn broer speelt alleen maar piano en het is alsof hij er niet is. En tot overmaat van ramp is het bijna Kerst en dan zitten we maar met zijn drieën aan tafel en zal oma huilen en tante zal zeggen "Allemaal een schop onder je kont" en mijn broer blijft niet langer aan tafel dan de tijd die hij nodig heeft om iets door te slikken.'

'En thuis hebben jullie geen gordijnen meer!' zegt hij stralend alsof hij een leuke mop vertelt.

'Hoe bedoel je?'

'Ik vind dat je wel heel erg dramatisch doet. Denk je Eleonora Duse eens in, terwijl ze met haar armen in de lucht de gordijnen vastgrijpt en ze naar beneden trekt, met haar haar in haar gezicht, net als nu bij jou?'

Ik barst in lachen uit. Wat een idee.

'Die puppy's neem ik mee. Bij mij thuis zijn ze heel wat ergere dingen gewend. Jij geeft mij jouw telefoonnummer en ik jou het mijne en ik houd je op de hoogte.'

Ik ren de trap op en hijgend klop ik bij mijn broer aan.

'Zal ik je eens wat raars vertellen? Ik heb vijf puppy's gevonden in de afvalcontainer en weet je wie er langskwam? Een dierenarts. Het klopt dus dat God zijn eigen vreemde methodes heeft om te laten merken dat hij bestaat. Herinner jij je nog dat stuk uit het evangelie dat papa ons vertelde toen wij het vertrouwen hadden verloren, dat stuk waarin de vrouwen geloven dat hij dood is, "Toen kwam Jezus op hen toe en zei: Wees gegroet!" Denk je eens in, een dierenarts?'

'Ja, maar doe alsjeblieft de deur dicht. Zie je niet dat ik aan het studeren ben?'

Dus ga ik maar naar tantes kamer.

'Tante, er is een wonder gebeurd. Ik heb vijf puppy's gevonden in de afvalcontainer.'

'Waag het niet andere dieren mee naar huis te nemen. We hebben genoeg aan onszelf.'

'Ik hoef ze niet mee naar huis te nemen. Raad eens wie er langskwam?'

'Waag het niet.'

De dierenarts belt haast meteen. 'Ze maken het goed. En jij, wat ben jij aan het doen, zesde puppy?'

Ik probeer me in de uitnodigende melodie van zijn stem te plooien. Ik vind een doorgang en ga naar binnen. En door die opening zie ik de stad die onder mijn raam ligt te schitteren. Het is koud, maar ik voel het niet. Het is bijna tijd voor het avondeten, maar dat kan ik vrolijk overslaan en de nacht boezemt me geen angst in en zelfs de kerstvakantie niet met al die bedroefde Sevilla Mendoza's.

'Ik mis je', zegt hij. 'Ik ken je niet en toch mis ik je. Of misschien moet ik zeggen dat ik je miste en je gevonden heb. En ik wil niet overkomen als een idioot, maar ik hou van je.'

'Ik hou ook van jou.'

'Dus laten we vanaf het begin beginnen: over een kwartier bij de afvalcontainer.'

Wat zit mijn haar stom sinds ik van hem geen opdracht meer krijg om mijn haar op te steken, het lijkt wel een stuk pastadeeg dat voor mijn ogen hangt. En wat ben ik dik, waarom heb ik ook al die lekkere toetjes en dikbelegde broodjes gegeten? Wat ben ik toch een kutwijf, waarom was ik er niet op voorbereid dat de kans op een echt leven zich zou voordoen? Ik heb zo veel verkleedspullen om liefde te faken. Ik kan me verkleden als blanke vrouw, zwarte vrouw, heerseres, slachtoffer, hoertje tot onschuldig kind aan toe, maar ik heb geen enkele lap stof voor de ware liefde, behalve dan die hobbezakken die ik naar school aantrek. En verder ben ik een raar meisje, te raar voor woorden, want als iemand zich echt lekker bij me voelt, word ik verdrietig, zo verdrietig dat ik die ander ook nog verdrietig maak. En verder ben ik bang. En ik was al bijna niet meer naar de afvalcontainers gegaan als ik hem niet zo waanzinnig graag voor maar heel even wilde zien, en een kwartier is een ondraaglijk lange tijd, dus is het zelfs uitgesloten dat ik niet ga.

Als ik hem zie aankomen, ren ik op hem toe en hij rent ook, neemt me in zijn armen en drukt me tegen zich aan en we kussen elkaar tot we buiten adem zijn en dan doe ik de knopen van mijn wollen jas en mijn bloes los en knielt hij voor me neer om in mijn tieten te bijten en tilt me op en draagt me naar zijn auto en daar beginnen we van voren af aan.

Af en toe stopt hij en bekijkt me van een afstand om me scherper in zich op te nemen.

'Liefje,' zegt hij, 'mijn zesde puppy. Laat me naar je kijken. Weet je wel hoe mooi je bent? Wat een lief gezichtje, wat een melancholieke en gelukkige ogen onder die pony. Je doet me aan iemand denken, ik geloof aan een meisje dat ik leuk vond toen ik klein was. Maar ik praat te veel en zo gaat er almaar tijd voorbij waarin ik je niet kan kussen.'

Als ik daarna vreselijk te laat aan tafel kom, heb ik geen belangstelling meer voor tantes gefrituurde hapjes op mijn bord. Voor altijd hun aantrekkingskracht verloren. Ook oma's ravioli laat me koud. En zelfs de toetjes die in de keukenkast staan, op slot, om me te helpen met afvallen. 'Eet dan op zijn minst een stukje fruit,' zegt tante bezorgd, 'er zijn bananen. Wat is er gebeurd, dat je niet eet?'

'Ik zal nooit meer eten, want mijn dierenarts is het enige waarmee ik me nog wil volproppen', zo verklaar ik terwijl ik mijn wang op tafel leg en op een toon alsof ik dronken ben, al heb ik geen slok op: 'Mijn ravioli, mijn gefrituurde hapjes, mijn chocolaatjes, mijn overheerlijke banaan! Hoe heb ik zo kunnen leven: zonder God, zonder liefde, zonder verhalen om te vertellen?'

Op een dag verschijnt mijn broer aan het ontbijt en legt een stapel boeken op tafel, drinkt haastig zijn melk, terwijl hij op zijn horloge kijkt, want om half negen gaat de schoolpoort dicht. Bij het middageten is hij weer terug en zegt met een tevreden gezicht: 'Naar de duivel met mijn handen. Naar de duivel met die piano. Loop allemaal maar naar de duivel. Ik heb ze een pak slaag gegeven en het is me zelfs gelukt ze excuses te laten aanbieden.'

Om deze gebeurtenis te vieren gaat tante het huis opknappen en schildert ons balkon dat nog maar erg klein is wit, doet anjerzaadjes en geraniumstekjes in drie kleine rode en lila potten. Het lukt haar zelfs er een klein geel bankje en een mini Grieks blauw tafeltje neer te zetten, waarop ze in de zomer nog net haar glas kan neerzetten als ze iets wil drinken met uitzicht op de schepen. Daarna voert ze ter verdediging aan dat ze geen na-aper is, maar dat de ideeën van Mauro De Cortes, ook op een ansichtkaart, de beste zijn.

Mijn vriendje hoeft nog maar enkele examens te doen en dan is hij dierenarts. Hij studeert in Sassari en als hij hier is, heeft hij geen zin om in de stad rond te lopen en blijft hij liever in de buurt van zijn huis, in de omgeving van Capoterra, dat ik als het helder weer is vanuit mijn raam kan zien. Met mijn Vespa doe ik er een uur over, want ik haast me niet, om maar niets te hoeven missen van het schouwspel van de baai van Santa Gilla, helemaal roze of paars en goudkleurig met de donkerpaarse bergen die in het water weerspiegelen en de flamingo's die er stilletjes genieten van hun middag- en avondeten. Maar hoe is het me gelukt om nu zo gelukkig te worden? De stranden zijn kilometers lang en in de winter verlaten. Mijn dierenarts woont in een huis met een heel erg grote tuin, heel veel familie en erg veel dieren. Zijn familie heb ik nog niet leren kennen, omdat ik steeds buiten bij het hek op hem wacht, maar de dieren wel. Ze begroeten me enthousiast van achter het hek, met hun staart kwispelend en geluiden makend. Vooral Biagio, de oudste hond, die wel drieënzestig jaar oud zou zijn als hij een mens was. Hij vindt me leuk. Daarom neemt de dierenarts hem vaak mee als we op het strand gaan hardlopen en vertrouwt hij mij de riem toe, of vertrouwt zichzelf aan mij toe. En Biagio rent, rent, terwijl de golven op de grote rotsblokken langs de kust beuken en ons met schuimzout nat maken. En ik ren ook, in hetzelfde ritme als de hond.

Dat dit leven ook nog bestond en dat ik dat niet wist.

Mijn vriendje geeft me allerlei soorten dierennamen, afhankelijk van de situatie. Ik ben zijn konijntje als ik bang ben, zijn leeuwin als ik sterk ben. Zijn enthousiaste hond als we ons ongeduldig uitkleden en elkaar bijten als we aan het vrijen zijn. Of zijn katje, zijn muisje op de hooizolder, zijn kwaliteitskuikentje. Hij wil me niet beledigen, maar hij moet bij mij vooral aan koeien denken, zwaarmoedig en vriendelijk, die zonder te protesteren toelaten dat hun tieten worden uitgeknepen voor de melk die ons mensen van pas komt. En nog altijd zonder mij te beledigen, en alleen nu, nu het winter is, aan schapen, zo mak en nuttig, omdat ook ik een wollen jas aanheb.

Ik heb hem alles over mezelf opgebiecht, mijn verhaal over sadomasochistische seks. En hij omhelsde me en zei dat ik dit soort dingen accepteerde omdat ik een verrukkelijke mestkever was, maar nu ben ik een ander dier.

Ik ben gelukkig in deze dierentuin. Mijn dierenarts slaagt erin mijn verwondingen en littekens, die nu bijna helemaal verdwenen zijn, te laten genezen. En voor mijn honger naar liefde heeft hij altijd passende kost, zoals 'babykoala zonder haast', als ik gestrest ben. Of 'mijn koolmeesje met de hik', als ik lach en huil tegelijk. De eerste keer dat we samen vreeën en elkaar kusten, bleef ik maar tegen hem zeggen: 'Ik weet niet wat ik wil, liefste. Ik weet niet of ik het nu wel of niet moet doen.'

En hij zei: 'In de tussentijd begin ik je vast uit te kleden. Je bent prachtig. Ik heb nog nooit zo'n mooi dier gezien.'

We houden er niet van mijn kut 'kut' te noemen, en evenmin zijn lul 'lul', en dus noemen we mijn kut 'Mereneiland', omdat ik steeds helemaal nat van verlangen ben en zijn lul 'Bomeneiland' om een soortgelijke reden.

Hij gelooft niet in God, maar hij wilde wel dat ik de rozenkrans zou bidden voor zijn examens die hij is gaan afleggen na een grondige voorbereiding.

Daarna belde hij en zei: 'Ik ben weer boven water, leg je rozenkrans maar weg, schatje.'

Ik weet dat hij ongelijk heeft, want wat kan deze o zo mooie liefde anders zijn dan een geschenk van mama, of van opa, of van de God van mijn vader?

Oma zegt dat het een rare jongen is en dat ik hem niet moet vertrouwen. Hij is verliefd zonder rekening te houden met de situatie. En verder zijn we te jong. En het is waar dat opa en zij ook jong waren, maar vervolgens dwong de oorlog hen te wachten en erover na te denken.

Op Kerstavond bakt oma tot 's avonds laat de traditionele Sardijnse *papassine*, *candelaus* en amarettikoekjes, zodat ik ze kan meenemen naar de familie van mijn vriendje die me voor het kerstdiner heeft uitgenodigd.

Bij de deur blijf ik stilstaan. 'En wat gaan jullie nou eten, nu jullie mij alle zoete lekkernijen hebben meegegeven?'

'Vlug, vlug, je komt te laat', zegt tante en ze duwt me naar buiten. 'En een schop onder de kont voor het ongelukkig-zijn!'

Ze staan alle drie voor het raam en ik voel dat ze me met hun blik liefkozen: inmiddels slank en met verzorgd, lang haar dat door een haarband naar achteren blijft zitten, en ze blijven me nakijken totdat de muur in de straat te hoog wordt om me nog te kunnen zien.

Bij de familie van mijn vriendje praten ze in stereo. Bij de deur komen de vijf puik uitziende puppy's aangelopen: 'Wensen jullie je zusje eens een prettige Kerst.'

'Mijn oma heeft deze zoete lekkernijen speciaal voor jullie gemaakt en ik heb voor je kleine zusjes *Het dagboek van Anne Frank* meegenomen, toen ik zo oud was als zij bleef ik er maar in lezen.'

'Geweldig, schatje, maar ook *Is dit een mens* zou perfect zijn geweest. Om vrolijk te blijven, op hun leeftijd.'

'Het is niet verdrietig, het is vol hoop.'

'Natuurlijk liefje, maak je geen zorgen. Hier is sowieso niemand die dat zal opvallen. Ze zullen op de zoete lekkernijen afvliegen. Ik laat je met de andere dieren kennismaken: mijn oudste broer, mijn schoonzus, mijn kleine neefjes. Mijn jongste broer, mijn oudste zus, mijn kleine zusjes. En mijn vrienden: Ciopper, de aardigste hond van de hele wereld. Geef deze mooie dame eens een pootje. Isotta is er niet omdat ze depressief is. En de katten zijn er ook niet, die komen later. En Biagio en jij hebben al vriendschap gesloten.'

Biagio kijkt me met zijn tederste blik aan en kwispelt met zijn staart en zodra ik in een kleine fauteuil ga zitten die iemand voor me bijschuift, legt hij zijn snuit op mijn schoot en laat zijn oren tevreden hangen. Hij vindt mij aardig. Misschien voelt hij dat ik bang ben voor deze nieuwigheid, voor het leven. Misschien is hij ook bang.

'Oom! Eerst het verhaal van de dinosaurus, voordat we gaan eten.'

'Laat hem met rust!' wordt in stereo geroepen.

'Laten we ons onder zijn trui verstoppen, de dinosaurussen vallen ons aan', roepen de kleintjes terwijl ze onder zijn trui kruipen om zichzelf in veiligheid te brengen. 'Pak ons niet!'

'Laat hem met rust!' Een uitbrander in stereo.

Omdat in dit paradijs toch iedereen doet waar hij zin in heeft, kom ik uit de kleine fauteuil omhoog en verstop ook ik me onder de trui van mijn vriendje, beschut tegen de stress, de paniek en de dinosaurussen. De honden en de katten denken er ook zo over en blaffen en miauwen om wat meer ruimte te krijgen.

'Hoe haal je het in je hoofd mijn schoenen te pakken!'

'Jij hebt heel wat meer spullen dan ik.'

'Dat komt omdat ik er goed voor zorg en geen trui aantrek zonder me eerst te douchen en ik doe geen mooie schoenen aan als het regent.'

'Egoïst dat je bent, gierigaard, loeder, schijnheilig boontje.'

'Schatje, kijk eens, mijn zusjes in actie, kom eens onder mijn trui vandaan. Mijn vriendin heeft *Het dagboek van Anne Frank* voor jullie meegenomen.'

'Ik ga straks naar de film', zegt het jongste broertje.

'Welke?' Een vraag in stereo.

'De nieuwste van Hannibal.'

'Niks aan', commentaar in stereo.

'Jullie hoeven er toch niet heen.'

'Dat is waar. Dan mag je gaan. Je mag wel gaan, maar we geven je geen geld.'

Dat was de eerste van de talloze keren dat ik werd uitgenodigd door de familie van mijn dierenarts. Oma gaf weer zelfgebakken zoete lekkernijen mee, voor de zusjes nam ik een vrolijk boekje mee en allemaal gierden ze van het lachen om mijn gevoel voor drama. Tante gaf me voor de oudste broer, die zich erg voor geschiedenis interesseerde, een boek mee met enkele nieuwe interpretaties van veelbediscussieerde en onopgeloste vraagstukken. Daarna belde de oudste broer meteen naar tante om haar te bedanken en hij bleef maar aan de telefoon, ook al zat iedereen al aan tafel. Zijn ouders vertelden dat hij tien jaar lang enig kind was geweest en dat toen pas mijn vriendje werd geboren en dat hij niet kon stoppen met lezen en dat hij toen hij klein was steeds maar soldaatjes als cadeau wilde, zodat hij oorlogje kon spelen, maar later had hij een pacifiste ontmoet die alleen maar belangstelling had voor conflictsituaties om ze nog beter te kunnen haten. En het was vreemd dat er in die familie met zo veel kinderen twee enig kinderen waren, want tussen mijn dierenarts en zijn jongste broer zaten ook weer tien jaar en daarom las ook hij heel erg veel toen hij klein was en wilde hij alleen maar boeken over dieren als cadeau. Zijn jongste broer daarentegen niet, want die had zijn hele kindertijd doorgebracht met ruziemaken met zijn zusjes die onder elkaar ook weer kibbelden, maar tegenover hem een front vormden.

Isotta werd verliefd op een hond van hetzelfde ras, de nieuwe hond van de buren, die bij de voordeur botten voor haar achterliet. Zij kwam haar depressie te boven, maar Ciopper was hierover erg verdrietig, want hij had nooit met haar kunnen paren omdat ze allebei van een ander ras waren. Biagio daarentegen leek alleen maar oog voor mij te hebben.

Tijdens die middag- en avondmaaltijden hield hij me steeds in de gaten. Hij kwam kwispelend naar het hek, liep voor me uit door de tuin en stopte als ik te ver achterbleef. Bij het elkaar begroeten spitste hij waakzaam zijn oren en hij legde zijn kop pas rustig op mijn schoot als ik was gaan zitten in de kleine fauteuil die iedereen de mijne was gaan noemen.

Als het voor de oudste broer weer tijd was om te gaan, zei hij: 'Dankjewel ma, dankjewel pa. De ravioli heb ik niet eens aangeraakt, maar iedereen hier vertelde me dat ze verrukkelijk waren, het toetje ook, ik heb het niet gezien, maar ook dat moet zalig zijn geweest.'

'Dat komt omdat je het aan de telefoon over de Slag bij Isonzo had en daarna over het daadwerkelijke verantwoordelijkheidsgevoel van Marie-Antoinette van Frankrijk en of het terecht was dat ze de guillotine kreeg', merkte zijn vrouw voorzichtig op, terwijl ze de kinderen goed inpakte voordat ze naar buiten gingen. 'Dat komt omdat jij over El Alamein discussieerde.'

Oma zegt dat we overdreven verliefd op elkaar zijn. Dat het onrealistisch is, dat we altijd aan de telefoon zitten en ik steeds maar op en neer naar Sassari ga. Dat ik nooit eens aan school denk, terwijl dit toch mijn eindexamenjaar is. Alleen maar liefde, liefde, liefde. Oma vindt ook dat je je niet echt kunt verlaten op iemand die dieren verwart met menselijke wezens. Ik had haar niet moeten vertellen hoe mijn vriendje zijn honden en katten knuffelt als hij weer thuiskomt: 'Geef me eens een pootje, ik vind jullie zo lief. Wat zegt papa steeds tegen jullie? Dat wij nooit uit elkaar gaan. Nooit.'

Ik besluit mijn verhalen aan mijn dierenarts te laten lezen. Hij vindt ze erg leuk. Hij begrijpt alleen niet waarom ze steeds slecht aflopen. Vaak kondig ik al aan dat er een dode gaat vallen, maar dan wordt hij boos.

'Wat lullig, liefje, je hebt al iemand dood laten gaan, twee is te veel. Twee doden in een verhaal dat geen tragedie is, dat is belachelijk.'

Ik geef het toe. Natuurlijk is dat te veel, twee doden. Maar mijn vriendje weet niet waarom ik in dit verhaal heel goed dood zou kunnen gaan zonder me belachelijk te voelen. Als ik er alleen al aan denk dat de mogelijkheid bestaat dat hij op een dag niet meer zo hevig naar me zal verlangen en zich zal vervelen en me plichtmatig zal gaan opzoeken, om zijn zesde puppy niet al te veel pijn te doen. Dus smeek ik God me nu, op dit moment, het zwijgen op te leggen, voordat mijn personage in dit verhaal moet meemaken hoe het afloopt.

Plotseling overvalt me de angstige gedachte dat mijn verblijf in de dierentuin van het Meren- en Bomeneiland slechts een vakantie is. En ik begin de keren te tellen dat hij me liefje noemt en zorg ervoor dat hier in de dierentuin niets ook maar een heel klein beetje afwijkt van hoe het gewoonlijk is. En ik heb niet meer genoeg aan het voedsel en verlang steeds naar meer. Ik dwaal bezorgd over het eiland dat steeds minder op het aardse paradijs lijkt en steeds meer op de hel. Ik zeg tegen mezelf dat er mensen zijn voor wie de liefde eeuwig is: voor opa en oma bijvoorbeeld, voor de oudste broer en schoonzus, voor zijn ouders. Maar hoe kunnen ze zo kalm blijven, waarom verdienen zij dit wonder wel?

In mijn hart ben ik onzeker, argwanend, en elke dag verbaas ik me erover dat juist ik de geliefde ben. Hoeveel gemakkelijker was het om alleen maar het seksuele instrument te zijn van iemand die van iemand anders hield, die geen deel uitmaakte van mijn leven, en hoeveel eenvoudiger was het om tussen muren te leven en naar het elders van een ansichtkaart te kijken.

Nu ik buiten ben waar de zon schijnt, waar de zee is en eten in overvloed, waarvan ik zou kunnen genieten … Misschien dat ik gerustgesteld zou zijn als ik op straat plotseling tegen Jezus Christus zou opbotsen en hij 'Hallo!' tegen me zou zeggen. Voor de puppy's heeft hij het wel gedaan, maar voor mij niet. Hij laat mij mijn gang gaan. Ik maak alles kapot en hij laat het gebeuren.

Ik zie in dat mijn verblijf hier op zijn einde loopt en ik weet heus wel dat al die dingen die ik weerstond, zoals het zweepje, het Japanse stokje en de stront me helemaal niet van pas zullen komen, want aan de vlucht uit Eden heeft nog nooit iemand kunnen wennen. Dus telkens als we afscheid nemen doe ik net zo vervelend als mama toen ze klein was en vraag ik hem me nog eens te knuffelen en nog eens en nog eens en me heel vaak welterusten te wensen, want daar word ik rustig van en hij zegt wel honderd keer 'Welterusten, puppy' en hij knuffelt me bij de deur, maar die arme schat weet niet dat ik daar niet genoeg aan heb. Want dat is niet wat ik werkelijk wil. Niets van dit alles stilt mijn innerlijke honger. Zelfs de seksspelletjes niet waartoe ik hem aanzet met mijn verhalen uit het verleden en waarmee ik hem vraag me pijn te doen, om me te straffen vanwege mijn onverzadigbare honger naar liefde. Wat ik zou willen is datgene wat hij tegen zijn honden en zijn katten zegt: 'Geef me eens een pootje. Wij gaan nooit meer uit elkaar. Nooit.'

Dus treuzel ik en vraag om voedsel en nog meer en nog meer en ik geef het ook aan hem en nog meer en nog meer, zo veel dat hij er misselijk van wordt, zo lang dat hij uitgeput is en hij me op mijn schouders klopt, zoals hij dat bij zijn broers en zusjes zou doen.

'Rustig, rustig maar ...' en ik krijg het gevoel dat hij niet kan wachten totdat ik wegga en binnen in me voel ik alleen maar vertwijfeling.

Een van ons zal hoe dan ook een dezer dagen het eiland verlaten en als de dierenarts terugkomt, zal hij de zesde puppy niet meer aantreffen, en de koe niet, het konijntje niet en het loopse teefje ook niet en hij zal er eeuwig om treuren en ons maar blijven zoeken en zich afvragen waarom, waarom en wat hij fout heeft gedaan, waarin hij tekort is geschoten. En wij gaan ook naar hem op zoek en deze dierentuin is de enige plek waar we naar terug willen keren. En dat komt allemaal omdat we te veel honger hebben en er niet genoeg voedsel is.

Ik zit in mijn kleine fauteuil. Biagio waakt over mij met zijn oren in de ruststand. De dierenarts is er ook met een van zijn vriendinnen die in een beekje viel toen we een wandeling maakten naar Monte Arcosu. Dus zijn haar kleren nu helemaal nat en geeft hij haar mannenkleren om aan te trekken. Ik geloof dat ze de deur van de kamer dichtlaten zodat er geen warmte verloren gaat. Iets anders kan het niet zijn. De dierenarts wilde dat we niet altijd alleen waren in onze afgezonderde dierentuinwereld en daarom nodigde hij vrienden uit om samen met ons een wandeling te maken. Maar het ongelukkige toeval wilde dat alleen dit meisje kwam opdagen om mee te gaan en we natuurlijk niet tegen haar konden zeggen: 'Nu gaan we maar niet meer.' Dus gingen we en zei ik tegen mezelf dat er niets was om bang voor te zijn, dat mijn dierenarts niet met een blinddoek voor zijn ogen kon rondlopen zodat hij geen andere meisjes zou zien. En daarna leek alles goed te gaan, de lucht had nog dat winterse blauw en het water van de rivier was zo volmaakt als een spiegel, waardoor we het bos dubbel zagen. Bij het gestaag beklimmen van de berg, dwars door de braamstruiken, veranderde de rivier steeds meer in een beekje en toen er met geen mogelijkheid meer een opening te vinden was, moesten we het beekje wel oversteken. De dierenarts ging ons voor en bouwde een bruggetje van stenen voor ons meisjes. Ik, dikzak, viel niet, maar het andere meisje, dat aan klassiek ballet doet en teer en licht als een veertje is, juist wel. Ze viel in het ijskoude februariwater en ze moest zich wel helemaal uitkleden, want ze had geen enkel kledingstuk meer aan dat niet drijfnat was. Ze ging languit op een plat stuk rots liggen en leek wel een prinses uit een sprookjesboek. De dierenarts hing al haar kleren in de bomen om ze te laten uitdruipen en ze bleven maar samen lachen. Daarna knielde hij – volgens mij was hij net als ik op hetzelfde idee uit dat sprookjesboek gekomen – aan haar voeten en maakte hij een buiging voor haar, als was hij een prins. Ik probeerde ook wat uit te trekken, mijn windjack en die dikke trui en heel even stond ik daar in mijn bh, met mijn grote tieten, en dat deed ik natuurlijk niet uit altruïsme, maar vooral om de aandacht van mijn vriendje te trekken, zodat hij zich zou afwenden van de ballerina. Maar in die betoverde omgeving waren zij de enigen en mijn tieten waren als vleeswaren die alleen indruk maken als er plakjes van gesneden kunnen worden en dat gold ook voor mijn kut. Toen de ballerina weer was opgewarmd – het leek wel uren te duren – en haar kleren niet meer dropen, namen we het pad terug, waarbij het beekje en het bos door de avondzon een prachtige gouden gloed kregen. Maar in plaats van in al die schoonheid een bewijs te zien voor het bestaan van God werd mij juist toen duidelijk dat God niet bestaat. Want als God God is en hij zo goed is dat hij deze berg en dit bos en dit beekje en deze hemel kan maken, dan kan hij daarna niet zo stom zijn om haar in het water te laten vallen en mij niet, of geen van ons beiden. En zij bevinden zich nu daar om geen warmte te laten ontsnappen en uitgerekend vandaag is er niemand van die hele familie en ook door deze samenloop van omstandigheden laat God niet zien dat hij intelligent is.

Dus besluit ik weg te gaan. Biagio heeft in de gaten dat ik aan het huilen ben en spitst zijn oren, tilt zijn kop op en legt zijn voorpoten op mijn schoot.

'Biagio,' zeg ik tussen de tranen door, 'ook al had ik nooit belangstelling voor dieren, ook al zou ik als jong meisje een ontevreden gezicht getrokken hebben als ik een boek over honden cadeau had gekregen in plaats van een liefdesromannetje, van jou heb ik heus gehouden, en ook van alle andere dieren van de familie. Biagio, dit is de laatste keer dat we elkaar zien. Vaarwel. Ik smeek je me niet naar het hek te volgen, maak dit alles niet nog moeilijker voor me dan het al is.'

Biagio volgde me niet en mijn dierenarts evenmin. Niet naar het hek en nergens anders naartoe.

Ik vlucht naar huis en heb het zo koud dat alle dekens niet genoeg zijn en tante geeft me al haar ochtendjassen en ze pakt die van mama ook uit de kast en de kamerjas van opa die nog een beetje van zijn moed in zich draagt. Oma zegt dat zij het al had gezegd. Dat ik me halsoverkop in deze verliefdheid had gestort, terwijl ik hem nauwelijks een kwartier kende. Dat ik me had verslikt, zoals ik dat ook deed als zij ravioli klaarmaakte, of gehaktballetjes, en ik erg snel at, zonder ook maar een keer te stoppen. Zonder manieren. Zonder logica. Zonder na te denken. En nu moest ik van verdriet overgeven. Ook de liefde heeft tijd nodig om goed te kunnen verteren.

Door de ramen zie ik de dood, met zijn slecht getailleerde, zwarte, loden capuchon. Hij klopt met zijn haakhanden en kijkt me uitdrukkingsloos aan. Ik glimlach naar hem.

'Kom,' zeg ik, 'eet mij maar op, want ik heb er toch niets meer aan.'

De dood komt binnen en pakt mijn tieten en mijn kut heel stevig vast en verslindt ze en hij eet onverschillig kijkend ook de rest op. En het valt me op dat achter hem de serene horizon helder schittert en het rollen en stampen in de haven me wiegt net als toen ik als kind beschermd door mijn ouders in een bootje voer. De dood eet op wat eetbaar is, maar hij lust niet alles en laat het wegfladderen in de zwarte nacht, voorbij de anjers en de geraniums in de rode en lila potten, voorbij de schepen en voorbij de auto's die komen en gaan, als stille vuurvliegjes op de Ponte della Scaffa.

En dan, nadat ik hem maandenlang niet heb gesproken, bel ik hem op.

'Je hebt gezegd dat iemand vermoorden het grootste bewijs van liefde is dat we aan een menselijk wezen kunnen geven.'

Ondanks het zwarte, nauwsluitende mantelpakje en de erg doorschijnende kousen die vastzitten met een jarretelhouder spring ik uit de jeep en baan me een weg door het hoge onkruid en de dorre takken, langs de cactussen en de stenen muurtjes. Zijn oma heeft hem een olijfgaard nagelaten met in het midden een bouwval.

Hij heeft me beloofd dat hij me vroeg of laat zal vermoorden met een overdosis aan folteringen, maar voorlopig mag ik nog leven. In huis heeft hij een folterkamer ingericht, helemaal voor mij alleen. Zodra ik aankom, moet ik daar naar binnen gaan. Hij trekt de begrafenisgordijnen van velours dicht, doet een lichtje aan en ik moet mijn rok omhoogtrekken, me vooroverbuigen en mijn enkels vasthouden, zodat hij mijn kont kan zien. Hij streelt me en maakt complimentjes over hoe mooi hij hem vindt, trekt mijn slipje strak tussen mijn billen en begint me te slaan met de zweep die zijn opa gebruikte om de paarden te slaan als ze niet wilden lopen. Net zo lang tot ik op de grond neerval.

'Verdien ik dit omdat er niemand verliefd op me wordt?' vraag ik hem.

'Wat je maar wilt. Sta op en ga weer net zo staan als daarnet.'

Hij doet mijn slipje uit en gaat een teiltje met water halen. Hij wast mijn achterste zodat de pijn erger wordt. Hij zal me tot bloedens toe geselen en als ik hem dan smeek te stoppen zal hij dat alleen doen om aan een andere marteling te beginnen. Hij zal me dan het jasje van mijn mantelpakje uit laten doen en willen dat ik mijn bovenlichaam vooruitsteek zodat hij beter naar mijn grote tieten en al dat andere vlees van mij kan kijken. Hij zal mijn polsen vastbinden aan het touw dat aan een haak aan het plafond hangt en hij zal dan in mijn borsten knijpen en erin bijten alsof hij ze wil opschrokken en dat zal ondraaglijk veel pijn doen.

'Je weet wat je moet doen als je wilt dat ik stop.'

Dus ga ik languit op het hoge, gammele, ijzeren bed liggen en doe mijn benen wijd zodat hij me helemaal kan bekijken en ik bereid me voor op de marteling met het elastiek aan de binnenkant van mijn dijen.

In die donkere kamer is er nergens een plek waar je je kunt terugtrekken. We doen het in een emmer en daar moet ik vervolgens van hem in kijken en ik moet ervan eten, terwijl hij mij aan mijn haren vasthoudt. Maar één ding weet ik nu: dit doet niet meer pijn dan te moeten zien hoe mijn dierenarts en de ballerina naar elkaars spiegelbeeld in het beekje kijken, dan mama daarbeneden tussen het vuilnis, dan de ansichtkaarten van Mauro De Cortes. Dan mijn broer, die geen woord tegen je zegt. Of mijn vader, die er niet is.

Gisteren – het was net tijd voor het middageten – ging de bel en toen tante opendeed, gilde ze: 'Mijn God! Hoe is dit mogelijk! We hadden je allang afgeschreven!'

'Heb ik jullie feestje bedorven?' hoor ik Mauro De Cortes lachend antwoorden.

Ook ik ren naar hem toe om hem te omhelzen. Mijn broer slaat hem verwoed op zijn schouders. We laten hem niet meer los en het deert niet dat hij is weggegaan zonder dag te zeggen en zich niet met tante is gaan verloven. We zijn blij dat hij er is.

'Wanneer zijn jullie van boord gegaan?'

'We waren niet met de boot. Ik ben met het vliegtuig teruggekomen. Ik heb zelfs mijn kinderen nog niets laten weten.'

'Wat is er met je boot gebeurd?'

'Niets. Die verkeert in uitstekende staat. Die zeilt nu op de Middellandse Zee met mijn ex.'

'Heb je de boot aan haar gegeven?'

'Jullie weten dat ik er niet van hou om ergens een punt van te maken.'

'En nu heb je geen boot meer én geen vriendin?'

'En geen huis. Dus zal ik er een moeten vinden dat nog kleiner is, want ik heb de afgelopen maanden te veel uitgegeven.'

Toen hij weg was zei tante: 'Jongens, dit is een nieuw wonder van de Slag bij Valmy! Een legertje verlopen soldaten dat de vijandelijke troepen verslaat!'

En ze begon het lied van de Franse revolutie te zingen.

Mauro rust uit van de vermoeienissen van de lange reis: tegen tantes grote zachte borsten, haar mediterrane heupen, haar lange, perfecte benen, haar eeuwig in de war zittende haar. Hele kastladen vol met dunne lingerie die hij van haar lijf rukt moeten eraan geloven en als tante naar huis moet om mij met mijn eindexamenwerkstuk voor geschiedenis te helpen, zegt hij: 'Blijf hier!'

Tante vertelt ons over Mauro's nieuwe huis, hoe het zo veel kleiner, maar zo veel, zo veel mooier is dan het vorige. Ze zegt dat er diffuus licht is, dat de badkamer uiterst efficiënt is voor zo weinig ruimte, dat in de wanden bergruimte is gemaakt voor de boeken en de cd's. Het eten komt vanuit de keuken via een doorgeefluikje op de eettafel en dat geeft een sprookjesachtige sfeer aan alles wat je eet. En de kamer is als de cel van een monnik in een abdij aan zee, met het bed onder het raampje met tralies ervoor, waardoor het licht van ver lijkt te komen, samen met het klokgelui en de zilte zeewind.

En verder kun je bij Mauro thuis echt van muziek genieten. Bij ons thuis ontbreekt die muziek natuurlijk ook niet – ik wil mijn broer heus niet beledigen, want hij is heel erg goed – maar in het ene geval hoor je dezelfde oefeningen, of een en hetzelfde stuk, uren achter elkaar voordat het perfect is, en in het andere geval luister je naar je lievelingsmuziek terwijl je in een luie stoel ligt. Tante is bang dat dit alles weer stopt. Ze is bang het lichaam van Mauro niet meer te voelen als hij zo vertrouwd en verrukkelijk op haar ligt. En deze keer weet ze niet meer welke oorlog haar nog kan inspireren, want geen enkele strategie zou in staat zijn het vijandelijke offensief te kunnen verdragen van een plotseling vertrek, een nieuwe zee, een nieuwe liefde. Toen ze tegen hem zei: 'Ik hou van je' werd Mauro kwaad en hij gaf haar instinctief zelfs een klap op haar billen, en smeekte haar geen grote woorden te gebruiken, alleen omdat ze samen zo oneindig goed kunnen neuken, lachen en praten. Meer is het niet. Maar ik weet welke bommen zich gereedmaken om op het hoofd van mijn tante te vallen. En ook op dat van mijn oma, die nu haar dochter met Mauro gaat herboren lijkt en zij zegt: 'Eindelijk een normaal iemand.'

Maar ik ben niet vergeten dat voor Mauro neuken, lachen en praten een behoorlijk armoedige voorstelling van de liefde is.

Een schuilplaats. Ja, dat is de enig mogelijke oplossing: een schuilplaats inrichten zodat we weerstand kunnen bieden.

Want het is intussen wel duidelijk dat niemand van de familie Sevilla Mendoza die het heeft overleefd zich nog kan permitteren er stilletjes vandoor te gaan, zoals mama en papa hebben gedaan, en zich nergens iets van aan te trekken.

Wij moeten blijven. Wij hebben elkaar stilzwijgend ons erewoord gegeven dat wij er zullen zijn.

26 Binnen in de haai

De schuilplaats bleek jammer genoeg nodig. En hoe. Er was daarbinnen niets te horen, want het werd erg stil nadat Mauro De Cortes ophield tante uit te nodigen bij hem te komen en ik wist dat mijn dierenarts intussen die andere puppy had genomen. Tante ging deze keer niet op de vloer liggen, rende niet door het hele huis en sloeg niet met haar hoofd tegen de muren. Ze waste zich, at, en ging naar de universiteit om les te geven. Ze taalde niet meer naar veldslagen, noch vergeleek ze ons met overwonnenen of overwinnaars. Na de atoomoorlog waren we eenvoudigweg van de aardbodem verdwenen.

Hier in de schuilplaats, een soort buik van een haai, bevonden zich al die dingen die de zee er gedurende duizenden jaren naartoe had gebracht, maar het was helemaal niet bevredigend om een overlevende te zijn. En we begrepen al helemaal niet wat de atoombom tot ontploffing had gebracht.

Oma kwam ons opzoeken en bleef maar aan haar dochter vragen: 'Maar wat heb je hem aangedaan?'

'Niets.'

Dus probeerde oma het te begrijpen door hardop lange monologen te houden. Ze zei dat tante zich misschien gek had gedragen, of misschien wilde Mauro De Cortes niet bij een vrouw blijven die al zo veel mannen had gehad en zij had die vooronderstelling bevestigd door zich met huid en haar over te geven, zonder hem ook maar een klein beetje naar haar te laten verlangen. Of misschien was ze niet duidelijk genoeg geweest en had hij niet begrepen dat zij werkelijk van hem hield. Of misschien had hij wel gedacht dat het voor haar een spel was en dat het daarom iedereen was toegestaan te spelen. Of misschien was ze wel te duidelijk geweest en had ze haar hele levensverhaal verteld en viel er voor hem niets meer te ontdekken en was hij zich gaan vervelen. Hoe dan ook, ze zou wel iets fout hebben gedaan. Want Mauro De Cortes is correct, hoffelijk en normaal en hij doet niets zonder dat er een reden voor is.

Ik vond dat het in wezen niet Mauro's schuld was, als het waar was dat neuken, lachen en praten voor hem geen liefde waren. En was het niet zijn goed recht en ook zijn plicht die ergens anders te zoeken? Natuurlijk deed hij ons niet met opzet pijn en had hij al helemaal niet de atoombom laten ontploffen. En mijn dierenarts of de ballerina ook niet. Volgens mij had niemand de atoombom tot ontploffing gebracht, zij niet en wij niet. Misschien was er een of ander voorwerp op gevallen en was de bom daardoor ontploft. Of misschien had God de dingen slecht geregeld en was er daardoor nu niets meer, behalve die buik van de haai vol met prullaria.

Niets meer, totdat mijn broer zich op een ochtend realiseerde dat zijn broek vol scheuren en gaten zat, zijn ceintuur geen gesp meer had en zijn horloge zonder batterijen steeds dezelfde tijd aangaf en dus ging hij op een dag naar buiten om te kijken of hij iets kon vinden. Zelfs de Upim in de Via Manno, waar hij altijd alles kocht, was er niet meer. Hij kwam met lege handen thuis en begon te huilen, voor het eerst sinds hij geen kind meer was. Hij huilde en zei dat hij zijn moeder en zijn vader terugwilde. En misschien had een mysterieuze god medelijden, want we kregen voor het eerst sinds papa was vertrokken een brief van hem.

Hij gaf ons zijn adres, hij schreef dat hij in Zuid-Amerika was en probeerde de stakkers daar te helpen, zoals hij zich altijd al had voorgenomen, maar omdat mama net zo'n stakker was, had zij hem hier gehouden. Hij had het over de *cafetaleros*, de koffieboeren, die niets hadden. Niets. Hij vertelde dat hij zich om de een of andere reden niet had kunnen losmaken van zijn beroep als monteur, dat het om de een of andere reden steeds gebeurde dat hij naar de Bijbel verwees en dat er dus in wezen geen grote veranderingen in zijn leven waren geweest.

Ik schreef meteen terug: totaal geëmotioneerd en vol hoop. Ik stelde me voor hoe hij aan een tafel zat, met zijn benen lang-uit zodat zijn voeten aan het andere eind van de tafel tevoor-schijn kwamen, en een steeds voller wordende asbak, terwijl hij las over de dierenarts, over de meisjes die niet voor mijn broer in de rij stonden, over tante, die voor ons het huis had gekocht en een goede moeder was, ook al had niemand haar dat opgedragen, en over Mauro De Cortes, over de rechter, over de atoombom en de schuilplaats die op de buik van een haai leek.

Hij antwoordde meteen en vroeg me dringend de brief hardop voor te lezen, misschien na het avondeten, maar we moesten er wel allemaal zijn, ook oma. Hij vertelde ons over Job die een rijk en succesvol man was, maar ook goed en recht-vaardig en wijs. Maar de duivel zei tegen de Heer dat het voor Job gemakkelijk was om al die deugden te bezitten, zo succes-vol als hij was. Toen gaf God de duivel toestemming hem alles af te pakken. En Job begreep niet waarom en hij wist evenmin wat hij fout had gedaan. Drie van zijn vrienden, Elifaz, Bildad en Sofar, die hem oprecht wilden helpen en te weten wilden komen wat de oorzaak van zijn ongeluk was, kwamen hem opzoeken, net zoals oma bij ons deed. Maar geen van de redenen klonk echt geloofwaardig en ze bleven maar lulkoek verkopen, precies zoals oma, en Job bleef het maar niet begrijpen. En hij begrijpt de reden van zijn eigen ongeluk nog steeds niet, zelfs niet op het moment dat de Heer zich aan hem openbaart door alle dingen van de schepping, maar dat interesseert hem nu niet meer, omdat het voor hem genoeg is te weten dat God bestaat. Daarna loopt het verhaal goed af en krijgt Job alles weer terug en sterft, wijs en bejaard.

Dus luidde papa's goede raad als volgt: uit de buik van de haai komen, het liefst terwijl hij aan het slapen is. Echt moeite doen om naar een van de plekken van de ansichtkaarten van mama te zwemmen, en nagaan of de atoomoorlog nog iets van leven op aarde had achtergelaten, als wij tenminste nog in staat waren de goddelijke wijsheid van de schepping te zien, waardoor God zich ook aan Job had geopenbaard. Opnieuw geboren worden, vanaf het moment waarop mama was doodgegaan.

Een nieuwe genesis. Het nieuwe beloofde land. Dan zou mijn broer een groot musicus worden met een enorme horde meiden achter hem aan. Maar het ware wel aan te raden dat hij zijn broek zou aanhouden, tenminste, tot op het juiste moment, en dat hij zeker niet voortdurend grietjes moest kiezen die hem alleen maar zouden opgeilen. Tante zou trouwen, met de rechter, of met dokter Salevsky, of met wie dan ook. Of met Mauro De Cortes net terug van weer een reis waaraan hij begon zonder ons gedag te zeggen, omdat hij zogenaamd, zoals oma altijd zei, een hoffelijke man is, verdomd als hij niet hoffelijk is! Of tante zou met iemand komen aanzetten die niemand had verwacht, want voor haar leek dat niet heel veel uit te maken. Of wel soms? En ze zou een zoon krijgen, ook al was ze daar eigenlijk te oud voor, en ze zou hem Isaak noemen. En God zou oma Sofar vergeven, maar alleen op voorspraak van ons.

Bij dit slot barstten we alle vier in lachen uit en oma zei dat papa zich nog steeds overal goed uit wist te kletsen en dat hij volgens haar op het punt stond om terug te komen. Hij was alleen maar vertrokken omdat wij voor hem niet zielig genoeg waren, maar nu …

28 Beethoven en consorten, zo intens zonderling en ongelukkig

Mijn broer komt op met hetzelfde gezicht als mama, zo van: sorry dat ik op de wereld ben, terwijl hij met dat overhemd en die prachtige jas die dokter Salevsky hem heeft geleend eruitziet om door een ringetje te halen. De dokter kwam hem die kleren brengen, omdat hier in huis geen geschikte kleren voor een concert zijn. We bedankten hem heel erg hartelijk en hij zei dat hij het prettig vindt ons af en toe te zien, om te horen hoe het met ons gaat en te bedenken hoe gelukkig mama nu geweest zou zijn. Toen hij bij de deur afscheid nam, vertelde hij dat zijn broer pianist was geweest totdat ze zijn handen hadden verbrijzeld, omdat hij tegen het toenmalige regime in Argentinië was.

Terwijl ze hem aankondigen, beweegt mijn broer ongedurig en lijkt het net alsof de ruimte hem niet toebehoort. Oma en ik klemmen onze rozenkrans stevig in onze handen en bidden zachtjes. Tante zegt dat, mocht het echt fout gaan, mijn broer met die prachtige handen altijd nog chirurg kan worden.

Of rechten kan gaan studeren, omdat hij een groot rechtvaardigheidsgevoel heeft, zoals de rechter altijd zegt als hij langskomt om tante op te halen die niet rancuneus is en nu een van zijn vriendinnen is. En een schop onder de kont voor de muziek.

Maar als mijn broer speelt, krijgen Beethoven en consorten, zo intens zonderling en ongelukkig, over alles en iedereen de overhand. Want in die muziek zit die kwetsbare, tragische, vreugdevolle en goddelijke intensiteit van het leven. En al zijn vrienden van school zijn er en zijn bewonderaarsters en degenen van de familie Sevilla Mendoza die zijn overgebleven, en de mensen blijven maar klappen.

29 En nu, nu de haai slaapt?

Papa had zich niet duidelijk uitgedrukt en hij was evenmin teruggekomen. Zoals altijd. We vroegen ons af wat nu de nieuwe genesis zou zijn en wat dat in de praktijk zou inhouden: opnieuw beginnen vanaf het moment dat mama dood was, of ervaringen opdoen en nagaan of Gods macht zich daarin openbaarde.

De haai liet zijn tanden zien en hij zou er wel voor zorgen dat er geen opening tussen die tandenrij kon ontstaan waardoor wij zouden kunnen ontsnappen. Ik droomde dat we gevlucht waren in een nacht vol sterren, alle vier, en dat we in een placenta van kalme, lauwwarme zee zwommen. We bleven bij elkaar, zelfs oma redde het. We bereikten het strand van mama's ansichtkaart en misschien konden we van daaruit opnieuw beginnen. Iets moest ons toch te binnen schieten. Maar geen van de anderen wilde mee.

Dus nam ik op een melkwitte middag in de lente, precies zo een als toen mama doodging, mijn Vespa en besloot alleen te gaan. Een beetje bang was ik wel voor de ravijnen langs de weg naar Villasimius, maar de zee was zo kalm en prachtig en licht dat ze met de wolken versmolt.

Precies zoals God met ons mensen: rustig en vredig en oneindig ver weg. Maar we hadden ons altijd al alleen uit de stront omhoog moeten trekken en juist daarvoor had ik nu graag instructies gehad. Om uit de buik van de haai te komen moest je wachten totdat hij sliep, had papa gezegd. Maar hoe kom je te weten of hij slaapt? En hoe doe je dat: in de gaten krijgen wat echte stront is?

Toen bedacht ik dat er in mijn leven geen stront was of was geweest. Jeminee. Alles was juist mooi. Ook in het leven van mama, alleen had zij dat niet begrepen. En tante ook niet. En oma. En mijn broer of mijn vader evenmin.

Wat mooi was die vakantie daar in de dierentuin samen met de dierenarts en het was zeker geen vergissing geweest om bij hem aan tafel te gaan zitten en me zo ongemanierd vol te vreten omdat ik nu eenmaal honger had. Wat mooi was het om me door hem naar een andere wereld te laten voeren, om ook die andere kant te leren kennen van hen die als slechteriken worden beschouwd. Wat mooi dat tante als echtgenoot en moeder was opgetreden en dat ze had leren zwemmen, en geraniums en asters op het balkon had gezet. Wat mooi waren Beethoven en consorten en al die vriendinnen die er nog niet waren, maar wel zouden komen. Wat mooi was die tangodans voor mama, en mama voor papa, en hij voor haar en wij allemaal voor oma. We hadden het alleen niet begrepen. Alles was mooi, omdat ik van hen hield. En ik had in mijn leven geen andere mensen dan hen willen ontmoeten. En eindelijk begreep ik dat God helemaal niet dom is en dat hij heel goed weet wat hij doet. En het is ook niet waar dat er geen manier is om op mooie plekjes te komen en dat we er niet van kunnen genieten. In plaats van de weg met de ravijnen ging ik de andere kant op, naar Chia, waar kilometers lange duinen zijn met fijn zand. Ik parkeerde mijn Vespa onder een afdakje en rende over een van die geurende paden. Mirte. Kerrieplant. Jeneverbes. Rozemarijn. Zelfs de schrale distelbloemen wedijverden met de kleur van de seringen, terwijl ze onder de stenen vandaan kropen.

Zo trof ik, een klein en onbetekenend stipje in het universum, voorbereidingen om te genieten van al Gods heerlijkheden in de ware betekenis van het woord. Bij de duinen aangekomen ging ik zitten, trok mijn schoenen uit en keek naar de helling van wit zand waarlangs ik me zachtjes in het water zou laten glijden, eindeloos helderblauw water. God was niet alleen niet dom, hij was gewoon geniaal.

En ik begreep dat dit het moment was om te vluchten, omdat

ik gelukkig was, niet om wat er gebeurde, maar om het simpele feit dat ik bestond, en ik voelde dat dit het juiste moment was en dat de haai nu aan het slapen was. Op dat moment zag ik een opening tussen zijn tanden, ik wurmde me erdoorheen en liet me daarna over het zand naar beneden glijden en meevoeren met de o zo lichte zeestroom en ik wist dat ik het had gered en dat ik net zo wijs en bejaard zou worden als Job.

Met zijn instructies, de riem en een beetje mest veranderde ik, van het eendje dat ik was, in een zwaan. Mij vermoorden, daarover hebben we het niet meer, het leven is zo ook mooi. Als we het knarsende en krakende huis betreden, neemt hij me in zijn armen en draagt me de trap op. Ik slaag erin de spaghetti op de juiste manier klaar te maken door ze mooi stervormig in de pan te laten glijden, zodat ze niet gaan plakken. Ik dwaal door de kamers van mijn huis en hij laat voor mij de badkuip vollopen, na al die martelingen, en ik breng hem koffie waarbij ik het bordje met mijn mond vasthoudt en op handen en voeten loop. Ik draag alleen een korset om mijn middel en een ketting om mijn enkels. We praten nooit, omdat elkaar leren kennen en dingen aan elkaar vertellen geen onderdeel vormen van het spel. Als ik zin heb om met iemand te praten, ga ik naar papa's werkplaats. Tussen het werken aan de motoren door is hij altijd wel bereid om te gaan zitten en naar me te luisteren, terwijl hij de rook van zijn sigaret in mijn gezicht blaast. Ik hou van de passen die me naar zijn werkplaats brengen, ik hou van zijn voeten die aan de andere kant van de tafel uitsteken, ik hou ervan dat hij dubbel zo hard werkt als daarvoor, want hij heeft Maria Asunción uit Zuid-Amerika mee hiernaartoe genomen, voor zijn zoon geloof ik, want zij blijft maar in aanbidding kijken naar mijn broer aan de piano.

We vinden haar allemaal om op te eten en geloven dat hij Amerika nu echt heeft ontdekt. Alleen oma trekt een scheef gezicht en zegt dat ze te donker is, te veel Inca, niet net als al die prachtige Zuid-Amerikaanse vrouwen die je op tv ziet en ze zegt dat wij allemaal van rare dingen houden en dat nu 'niemand meer een scheet laat' zonder Maria Asunción. Maar ze maakt voor haar wel ravioli en gehaktballetjes en het meisje hoeft maar een kik te geven en oma staat al klaar.

Tante is haar koffers aan het pakken, want dokter Salevsky heeft haar uitgenodigd om mee te gaan naar Argentinië, als vriendin, ze gaan naar Kaap Hoorn en naar de watervallen van Iguazú en al zijn familieleden zullen hen op het vliegveld opwachten, zo hartelijk als alleen Zuid-Amerikanen dat kunnen.

Maar tante is volgens mij verliefd op papa, ook al is ze nog steeds lichtjaren van hem verwijderd. Ik kan maar niet vergeten hoe papa op een keer naar haar kamer ging – voorheen het werkkamertje van mama – om iets te zoeken en op haar bureau een stapel boeken vond. Ik weet niet waarom hij dat deed, maar in plaats van net te doen alsof hij niets had gezien, pakte hij de boeken en kwam aan het avondeten verkleed als duivelbezweerder, gooide de boeken op tafel en begon op plechtige toon de titels voor te lezen:

Hoe versier je een man met lekker eten, Sekskoningin worden doe je zo, De ruzies met je minnaar aanpakken doe je zo, Spelregels voor de tweede echtgenote, Geisha worden zonder ooit in Japan te zijn geweest, Wat iedereen onweerstaanbaar vindt in een vrouw.

Daarna trok hij aan tantes krullenbos en terwijl hij haar zo stevig vasthield, dwong hij haar die titels samen met hem voor te lezen.

'Lees jij ze ook eens voor, jij door de duivel bezeten schepsel! Dit zijn nu jouw heilige teksten, jouw bijbel die de complexiteit van de schepping beledigt!'

Wij kregen tranen van het lachen en tante was boos, maar we zagen dat zij zo nu en dan ook moest lachen. Tot slot nam ze alle duivelswerken, deed ze in een vuilniszak en ging naar beneden om ze in de afvalcontainer te gooien.

Het is wel duidelijk dat tante inmiddels de voorkeur geeft aan onze keuken boven Kaap Hoorn, boven de zeilboten en alle andere dingen, maar zo is het leven.

Dan, op een dag, gaan we te ver. Hij wil dat ik me belachelijk voel, hij zegt dat we dat allemaal zijn. Ik moet daarom naakt rondlopen met een lange bezem die in mijn achterste zit en ik moet op die manier schoonmaken, maar bij elke tegel waarbij de bezem losraakt, duwt hij hem er verder in, waarbij hij me afgrijselijk veel pijn doet.

In mijn buik begin ik pijnscheuten te voelen. Een totaal misselijkmakend gevoel. Op de grond vormt zich een plas bloed. Ik wil naar mijn eigen huis, naar mijn dierbaren, maar hoe krijg ik dat voor elkaar, toegetakeld als ik ben? Ik geef hem daarom het telefoonnummer en het adres van Mauro De Cortes. Ik voel dat hij weer terug is. Het moet zo zijn dat hij er altijd voor mij is.

'Je hoeft me alleen maar bij zijn voordeur af te zetten en weg te gaan.'

'Lulkoek. Ik breng je naar het ziekenhuis.'

Hij neemt me in zijn armen en zet me in de auto net als die andere keer, alsof ik van suiker ben. Met gierende banden laten we onze wereld achter ons met de deur open, met het onopgemaakte bed en de sporen van zijn clandestiene liefde.

'Je hoeft me alleen maar bij de voordeur af te zetten,' zeg ik nog eens op smekende toon, 'waarom zou je je in de nesten willen werken?'

'Zit stil. Zelfs als je bijna doodgaat heb je nog praatjes.'

Veel meer herinner ik me niet, behalve dan zijn gevloek op God, of zijn geschreeuw tegen de dokteren van de eerste hulp, die stukken stront, waarom gooiden ze al die anderen er niet uit om plaats te maken voor mij, en ook dat een dokter die hij in zijn nekvel pakt terwijl hij hem dreigt te vermoorden, de politie belt en dat hij zijn persoonsgegevens moet laten zien en nog veel meer.

Daarna niets meer. Ik lig in een schoon en fris ruikend ziekenhuisbed en Mauro is bij me en houdt mijn hand stevig vast, streelt onvermoeibaar mijn hoofd en fatsoeneert onophoudelijk mijn haar, alsof ik naar een receptie moet.

'Sardo-Maso heeft weer toegeslagen. En niet zo lachen, sukkeltje, want dat doet pijn.'

'Heb je hem ontmoet?'

'Wie? Ik heb niemand gezien. Een criminele klootzak belde me en vertelde me waar ik naartoe moest om je op te halen.'

'Dus dan was jij degene die schreeuwde.'

'Ik heb achteraf mijn verontschuldigingen aangeboden. We moeten je familie waarschuwen, kleintje. De officiële versie is een buikvliesontsteking.'

Hier in het ziekenhuis is er tijd in overvloed, voor alles. Het zou prettig zijn als ik iets over Maria Asunción wist te schrijven.

Mijn broer heeft mijn vader voor het eerst in zijn leven om een gunst gevraagd: het verblijf van het meisje verlengen. Eigenlijk is haar tijd hier al verlopen, want de organisatie waarvan papa deel uitmaakt heeft maar toestemming voor één maand. Die was heel erg vlug voorbij.

Maria Asunción is twaalf of misschien wel dertien jaar. Mijn vader heeft haar op de markt leren kennen, waar ze met andere meisjes leefde. Ze had alleen te eten als er wat over was, ze sliep in fruitdozen en verkocht wat ze bij het afval vond. En niet hij is haar gevolgd, maar zij hem, verlegen en vies als ze was. Zij was altijd op straat als papa met de andere vrijwilligers over de markt liep. Hij heeft haar toen uitgehoord over haar leven en haar onweerstaanbaar grappige dingen verteld, dat weet ik zeker. En het is niet zo dat mijn vader wie weet hoe vertrouwelijk met haar omging, want hij veronderstelde al van meet af aan dat zij wat geld wilde bijverdienen door zich aan hem aan te bieden, zoals meisjes daarginds vaak doen. Integendeel. Maria Asunción legde haar hand in die van papa, enkel en alleen om een stukje met hem mee te lopen en naar zijn grapjes te luisteren. Op een dag ontdekte mijn vader dat Maria Asunción een kunstenares is, want ze kwam aanzetten met een blik vol met steentjes en zand waarmee ze een wonderlijk mooi geluid maakte dat ze begeleidde met sirenengezang. Toen lukte het mijn vader echt niet meer om grapjes te maken en barstte hij in huilen uit. Hij vertelde haar dat zijn zoon pianist is en de hele dag speelt en aan niets anders denkt dan aan muziek en dat hij het erg leuk zou vinden als zij hem leerde kennen.

Zo kwam het dat hij de moeder van Maria Asunción is gaan opzoeken, die samenleefde met haar tweede echtgenoot, voor wie het meisje als kind was gevlucht omdat hij haar had proberen te verkrachten. Mislukt. Want uiteindelijk had ze geluk gehad en alleen de liefde bedreven met jongens zoals zij en nooit met volwassenen en verder had ze haar muziek en haar liedjes.

Oma wilde meteen al dat ze bij haar zou komen wonen en dat ze op de zachte matrassen van de bedden van haar dochters zou slapen en zou genieten van haar verrukkelijke eten.

Ik op mijn beurt denk dat Maria Asunción de uit de dood herrezen dochter is van Atahualpa: in één woord majestueus. Ze zal niets aanraken in de kamer van mama en tante als we haar niet telkens weer vragen dat te doen, en ze begint niet met eten als ze niet zeker weet of iedereen genoeg heeft, en ze is pas helemaal overtuigd als we tegen haar zeggen dat we het eten weg zullen gooien als zij het niet opeet. Dan pas begint ze te stralen.

'*Muchas gracias!*' zegt onze Incaprinses met haar lange gladde haar, haar dunne vingers en magere benen.

Als ze bij ons is, blijft ze maar onafgebroken en vol bewondering naar mijn broer kijken die aan het spelen is en mijn vader haalde haar over een van haar muziekinstrumenten te maken. Daarvoor zijn we op een ochtend heel vroeg naar Poetto gegaan, zodat zij steentjes en zand kon zoeken om in blikken te doen. De zee was als het water in onze badkuip. Te veel wind. Te warm. Te veel mensen. Niets van dat alles. Zij was bang en om haar te laten zien dat ze niets te vrezen had, zijn we er allemaal in gesprongen, zelfs oma. En we hoorden alleen onze ademhaling na elke twee of drie soepele zwemslagen en het geluid van het laatste golfje op de kust. Mijn broer ging terug en haalde haar over om op zijn rug te klimmen, en Maria Asunción vertrouwde hem wel en daarna versmolt haar ademhaling met die van ons, en haar soepele zwemslagen en haar prinsessenvoeten versmolten met de zwermen zilverkleurige visjes. Ik wist zeker dat zij de opening zou kunnen vinden tussen de tanden van haar haai die nu sliep en dat mijn vader vast en zeker wel iets zou bedenken waardoor ze bij ons zou kunnen blijven.

Nu ik Maria Asunción heb leren kennen, ben ik er steeds meer van overtuigd dat de hele wereld aan dezelfde soort honger lijdt. Elke avond voor het slapengaan moeten we haar bellen en geruststellen dat we nog in leven zijn.

'*Buenas noches*, Maria Asunción!'

'Buenas noches!'

'Buenas noches!'

Oma zegt dat Maria Asunción alleen dan in slaap valt. En 's ochtends hetzelfde ritueel om haar te laten weten dat we heelhuids en gezond wakker zijn geworden.

'*Buenos dias*, Maria Asunción!'

'Buenos dias!'

'Buenos dias!'

Dan komt mijn broer op een dag terug van het conservatorium en vertelt opgewekt dat hij een studiebeurs heeft gewonnen en zijn opleiding in Parijs gaat afmaken.

Wie gaat dat vanavond aan Maria Asunción vertellen?

33 Wie laat de haai in slaap vallen?

Oma zegt dat zij maar weinig nodig heeft om gelukkig te zijn: als mama en opa niet dood zouden zijn, als papa niet zou weggaan, als tante zich zou verloven, als mijn broer vaker zou opbellen vanuit Parijs en ons dan iets zou vertellen, als ik beter zou worden ... Als God het wil.

Mauro De Cortes heeft zijn laatste vriendin ook aan de kant gezet. Hier in het ziekenhuis komt hij tante vaak tegen. Op een keer toen zij zware tassen droeg met alles wat ik nodig had, holde hij haar tegemoet om ze van haar over te nemen. Toen hij weg was, bleef tante maar herhalen: 'Zag je dat, hoe hij die tassen van me aanpakte?'

Toen mijn vader kwam, kon ze het echt niet laten het ook aan hem te vertellen en papa antwoordde: 'En jij maar zeggen dat hij niet verliefd op je is. Kolere! Dat van die tassen bewijst overduidelijk het tegendeel.'

Tante zei niets meer en je kon zien dat ze zichzelf maar onnozel vond, maar ik zag ook dat papa jaloers was.

En toch is Mauro De Cortes geen slechterik. Geen sluwe bedrieger die alleen maar een schop onder zijn kont verdient, zoals tante zegt. Natuurlijk ook niet alleen hoffelijk, zoals oma zegt. Maar ik beschouw het als een voorrecht dat ik hem heb leren kennen.

Als hij me komt opzoeken, vertelt hij over de zee en over zijn zeilboten. Ik denk dat Mauro tante niet heeft gewild omdat ze niet kan zeilen, want zeilen betekent dat je de situatie goed moet bestuderen: wind, stromingen, afstanden, waterdiepte en vuurtorens. En vervolgens dien je consequent te handelen. Mauro zei dat, wil je het als zeiler een beetje prettig hebben, je minimaal vijf knopen nodig hebt, maar bij vijf knopen begint tante al te kotsen dat het niet mooi meer is. Ik weet waarom mama en tante zich volstopten met reistabletten al was het maar voor het pontje van Calasetta naar Carloforte, en mijn oma zei altijd: 'En moeten dit nu kinderen van een zeeman zijn?'

Maar hoe komt het toch dat Mauro ook al die andere dames in de steek heeft gelaten die niet hoefden over te geven? Ik vroeg hem dat op een keer en hij zei dat ik echt een mooie ben. Wie beweerde er dat hij ze had verlaten?

Zij hebben hém juist in de steek gelaten, omdat ze zijn zwijgen zat waren, de eindeloos lange dagen waarop ze niets anders zagen dan de zee, zijn onvermogen een compliment te maken, zijn manische gedrag. Maar zijn liefde voor de zee is gebleven. De concrete handelingen die je uitvoert: je bestudeert de wind en maakt het zeil op de juiste manier vast. Je vangt een vis en eet die op.

Want het leuke van zeilen is zeilen!

Als Mauro er niet was geweest, had ik allerlei dingen over mama als jong meisje niet geweten. Hij had mama en tante altijd al gekend, omdat hij in de flat tegenover hen woonde, in de wijk Basilica di Bonaria. Mama ging nooit naar feestjes, behalve als haar vriendinnen haar meesleepten, of als oma haar haast moest dwingen. Ze bleef zitten, bang als een konijntje, en als ze werd gevraagd om te dansen zei ze dat ze dat niet kon. Ze verstopte zich haast het hele feest lang op de wc. Ze had mooi glad blond haar, samengebonden in een vlecht, en ogen zo verrukkelijk als chocolade, maar van jongens moest ze niets weten. Als je met haar op straat een eindje wilde meelopen dan was dat een hele onderneming, want je begreep meteen dat zij niet wist wat ze moest zeggen en zenuwachtig werd. De sfeer werd steeds bedrukter en onbehaaglijker. Als jongen dacht hij dat ze een beetje ziek was. Ik hoefde me niet gekwetst te voelen. Het kwam omdat ze onzeker en krom liep, zigzag, in die gebloemde hobbezakken en met die ouderwetse schoenen met afgetrapte hakken.

Mijn vader nam haar altijd overal mee naartoe en zij wachtte totdat hij geen zin meer had om met anderen te dansen. Dan kwam hij naar haar toe om samen weg te gaan, pakte daarbij haar vlecht en zwiepte die al geluiden makend als een staart heen en weer: 'Woef, woef, waf!' Elk ander meisje zou hem verrot gescholden hebben, maar zij niet. Zij lachte zoals ze bij niemand anders deed. Want papa was precies het tegenovergestelde: zwermen meisjes achter zich aan. Echt een uitstekende muzikant die zonder lessen te volgen had leren gitaarspelen. Hij kon zichzelf in de nesten werken, alleen maar om anderen aan het lachen te maken. Hij praatte ook tegen de stenen en de stenen praatten terug. Hij wilde de wereld redden, als revolutionair, als priester, wie zal het zeggen, en het leek alsof hij met dat vreemde schepsel, mijn moeder, was begonnen. In wezen was dat gelukt, bijna een kwarteeuw lang had hij haar voor de storm behoed.

Maar als de storm opsteekt, is dat bijna altijd onverwacht. Mauro kan het weten, want hij heeft hem overleefd.

Eerst geniet je van de wind, want dat is juist wat je als zeiler wilt. Maar dan begint het steeds harder te waaien. Zestig, zeventig knopen. Je begint met beide handen te reven. Elke beweging wordt moeilijk, riskant. Je moet jezelf vastbinden, maar hem was dat bijvoorbeeld niet op tijd gelukt. Hij deed het te laat en hij kon het roer ook niet maar één ogenblik in de steek laten. Zeven uur aan een stuk aan het roer en alleen maar zeewater en regen over je heen. Zo'n onstuimige kracht dat een tafel die aan de boeg zat vastgeschroefd werd losgerukt. Geen enkel aanknopingspunt in die kolkende zee. Hij kon het zeil verliezen, de mast kon splijten. Het enige wat hij nog kon doen was de boot een beetje bijsturen en zich verzetten. Toen Mauro zich realiseerde dat hij dood kon gaan, legde hij zich daarbij neer en begon vol bewondering om zich heen te kijken, verkleumd en stijf als hij was. Hij genoot van de hoge golven en van die ruimte waar geen land was, geen hemel, alleen maar water dat opstoof door de wind. En toen was het voorbij. Mauro had het gered.

Zijn verhaal over de storm maakte me zo bang dat ik, toen het weer eens begon te regenen, mijn vader een sms'je stuurde: 'Ik verbied jullie om naar het ziekenhuis te komen, want er is noodweer!'

Meteen daarna begon mijn mobieltje te rinkelen. 'Maar welk noodweer, mijn meisje, mijn woelwatertje?'

34 De nieuwe familie Sevilla Mendoza

We stonden buiten bij de kerk. Zonnebrillen op, om onze tranen te verbergen die in dikke druppels omlaagvielen. De mensen die uit de mis komen die net is afgelopen kijken vol medelijden en lopen dan door. Eén iemand komt dichterbij.

'Is er hierna een begrafenis?'

'Nee', brengt oma snikkend uit. 'Er is niemand dood. We huilen van blijdschap. Vandaag trouwt mijn dochter met mijn schoonzoon. Alleen op die manier kan Maria Asunción bij ons blijven, zo God het wil.'

'Maar God wil het!' zeg ik.

Milena Agus bij De Geus

Het huis in de Via Manno

De Veteraan steelt het hart van een vrouw die niet meer vrij is. Haar kinderloze, kille huwelijk steekt schril af tegen de zielsverwantschap die ze met hem voelt. Terwijl zij in het kuuroord wordt behandeld voor haar nierstenen groeit tussen hen een onmogelijke liefde.

Jaren later vindt haar kleindochter haar dagboeken. Zij wordt getroffen door de magie die in het leven van haar grootmoeder overheerste. Dan blijkt dat werkelijkheid en fictie door elkaar heen lopen. Wie was de Veteraan? Was hun liefde werkelijkheid?

Madame Agnese

In de buurt van Villasimius woont de vrijgevige madame Agnese, eigenaresse van een eenvoudig hotel aan zee. Ze zou rijk kunnen zijn als ze haar grond verkocht, maar vakantiedorpen aan de kust is het laatste wat ze wil. Geld vindt ze niet belangrijk – geluk wel, maar juist daar wringt het. Zelfs de magie, waarin ze heilig gelooft, lijkt haar hierbij in de steek te laten.

Madames voorliefde voor magie slaat over op het jonge meisje dat dit komische, ironische, maar soms ook verdrietige verhaal vertelt, dat doordrenkt is van de geurige mediterrane macchia, haar zelfgebakken brood, overheerlijke frittata en verrukkelijke amandelkoekjes.